中国年度 优秀散文诗

杨志学　亚　楠　主编　　郝子奇　执行主编

2017卷

新　华　出　版　社

图书在版编目（CIP）数据

中国年度优秀散文诗. 2017卷 / 杨志学, 亚楠主编.
-- 北京 : 新华出版社, 2018.1
ISBN 978-7-5166-3830-9

Ⅰ. ①中…　Ⅱ. ①杨…　②亚…　Ⅲ. ①散文诗－诗集－中国－当代
Ⅳ. ①I227

中国版本图书馆CIP数据核字(2018)第020453号

中国年度优秀散文诗. 2017卷

主　　编： 杨志学　亚　楠

责任编辑： 李　成　　**封面设计：** 李尘工作室
责任印制： 廖成华

出版发行： 新华出版社
地　　址： 北京石景山区京原路8号　**邮　　编：** 100040
网　　址： http://www.xinhuapub.com
经　　销： 新华书店、新华出版社天猫旗舰店、京东旗舰店及各大网店
购书热线： 010－63077122　**中国新闻书店购书热线：** 010－63072012

照　　排： 臻美书装
印　　刷： 北京明恒达印务有限公司
成品尺寸： 150mm×230mm　1/20
印　　张： 16　　**字　　数：** 275千字
版　　次： 2018年1月第一版　　**印　　次：** 2018年1月第一次印刷
书　　号： ISBN　978-7-5166-3830-9
定　　价： 43.00元

目录 CONTENTS

我从没遇见过我自己（外一章）

卜寸丹

我的子女是我死后为我在脚头点灯的人

他并不曾认识我，也不体恤漫长的生活，我会生出苔绿、虫洞般的忧虑，因太委屈而谩骂、流泪

他是我生的，像世间万物都是从无到有。我带给他悲喜交加的人生

我带给他战栗、一匹小兽历经的奔跑与等待。然后他扔下所有废址

他也将生儿育女，偏执，甜蜜，耗尽光阴

我深深地爱他，所以，我并不会在意这一切

可是，即使如此，他也全然不是我

我是不断生长的

我从没遇见过我自己

我承认，他看见的都只是幻影

我把那些殒命的文字叫做灵魂之蜜

我日夜不息地为它们修筑墓园：薄翅的蝙蝠、夜行人、不安之水

我翻动经书：流血的伤口，万物必死的宿命

我确信它们的痊愈与复活，仍是因为各自命定的疗救与呼唤

我确信它们都是小小神灵

当遇到障碍时，能穿墙而过

当我不能抵达时，便应声而来，带我站在群山之巅，广阔的星

空下

这些沉寂之物不需要光
像深海的藻类植物，它们兀自健硕而艳丽
没有完全相同的路途，谁也无法重蹈覆辙
面对吧，孩子

那是你的心灵。我承认，他看见的
都只是我的幻影

（选自《诗刊》2017年第5期下半月刊）

终南山（外一章）

三色堇

被多少文人墨客吟咏的终南山，被多少张开的翅膀青睐的终南山，被多少宋词堆积的终南山。

给心灵备足火焰，给肉身卸下盔甲，让血和热情找到解除饥渴的地方，让滔滔的喧嚣停止奔跑。

一些隐秘的竹楼，一杯淡茶，一阕美好，一个陌生的浅笑，足够让你心怀善意的驻足，安详而平和。

当你紧靠大地，生命的旅途会更加丰富。

山中有禅寺的香火，打坐，念经，修身养性。有诗人的吟诵，狂放，不羁，尖叫，似洪水之涌。有画笔的挥洒，也有林立的绿意。

季节被风引领着可以在此泼墨全部的色彩，诗人在此被召唤着灵魂的永生。

站在山顶，吼一声秦腔——蕴藏的大美悉收眼底！

沣峪口

避开无穷的嘈杂，顺着水的声响攀爬，你会发现它秉属野性，却柔情似玉。山风推着河边的石头，世代奔袭，你会听到岁月碎裂的声音。薄荷的清香，野棉花的飘袂，在寂静深处躲过了众人的惊讶！它不可驯服的沣河水，在秦岭蕴育着一代又一代长安人的生命。有时它会疯狂地嚎叫，有时它会埋在虔诚的尘土里，在阻挡黑暗之时错过了自己的年华。

沣峪口——用散发的神秘与诱惑迎接来者。它感召自然的脚步，让人顿生灿然之心。有溪水足以撩人，有蝉鸣足以养心，有阴凉足以积德，有沣峪口你会感受八百里秦川无所不在的狂放之美。

（选自《青岛文学》2017 年第 10 期）

你的名字塞满皱纹（外一章）

川北藻雪

画室偌大，深灰色线条在延宕，像躲闪不及的烽烟。

在青春和血色战场书写墓志铭，你是弹壳不小心垒砌的肖像，被苦难宕开一笔，不说战争，你在明暗交织的线条里周旋。

谎言点燃罪恶，与你数次交锋；最大的胜利，无非掠取了大面积阴影。

你豁开的嘴，隐藏着收复的失地：就像稀疏脱落的牙齿，它在松动，那些嵌在虎口致命的暗堡，你终于撬开它们，战利品无非累累伤痕。

叫一声，老兵。你的名字塞满皱纹。现在，它是你手里唯一攥紧的江山。

前跨一步，时光劲旅坐等围剿；后退数米，被吞噬过战友的硝烟追赶。沿着皱纹的缝隙，你在回忆中突围。

手幻化成枪，风声贯彻寂静。这样正好，面庞沟壑起伏，群峰连绵，它和岁月构成的射击死角，成全一个狙击手绝佳的耐心。你像侦查间谍一样，追击命运，待它在牙缝露出马脚。

终究在素描里驻扎下来。你活成象征和寓言。一阵风过，又任时光一绺一绺地解散，千疮百孔，像遗产，或反光的镜子。

重读抗战家书

我在历史对岸剥洋葱。柔软潜伏，替柔软把风，那些刺刀上滑过的文字，埋首硝烟缝隙，只身犯险。

剥一瓣，童年就回来一次。再剥一瓣，友情亲情涉水过河。

爱情始终存在，只是战火压得低低，充斥着焦味。战火之上，抱不紧爱情的屋顶也行将坼裂。如是再三，我剥着洋葱，像是剥离错别字的疼痛。

再不敢下手了。我怕深入一层，你回到父亲、妻子、儿郎、兄弟，回到你高利贷租借的童年，回到曾经的家园之路又将被火焰落下一寸。硝烟的外衣，终将剥尽；我怕幸福爽约，烈士剩下怜惜的坚骨。

然而，战火觊觎，铁蹄傲慢……

谁还在为流淌的鲜血而徘徊，为爱情作证的忠贞也不会宽宥。删繁就简，他们必须撒手幻想，让骨头冲锋陷阵。

因为他们偏爱坚骨，胜过这些短暂而危险的柔情。

（选自《剑南文学》2017 年第 4 期）

在央塔贝克什的孤独（外一章）

马东旭

七月多扬沙。

央塔贝克什用沙尘摸索我的灵魂。

我向远山举目，与鹘鹰、草木、涓流对话。闭上眼睛，与身体里的圣殿对话，也是多余的。在南疆，我一个人饮酒落泪，饮下绵绵乡愁，但无法饮下这个残缺又美好的世界。

孤独，犹如布满灰尘的壁架。

拆散它吧。

一片一片抛进铁炉子。

它让我的穹顶觅不见星辰又感到可怖。

雪落平原

北国之雪，压上我的唇。

我已吐不出青莲。

只有火炉，父亲、母亲、三姐妹，长久的静默如谜。我们围着火炉，遗忘了时光。我们煮酒，但不谈论往日的英雄。我们敬慕土地和土地神，但它说不出哲语。

父亲可以。父亲在年轻时唱过圣歌。他的手割过麦田，攥着我的手，我的手攥着人世的浮荡与悬崖。一缕香可以合上我的眼睛，我听到青岗寺飘出的隐语，飘向这古老的没落的平原。

我的根之苦苦的平原。

此刻。无限白。

（选自《大沽河》2017 年第 1 期）

旷野启示录（节选）

马亭华

一粒风霜，自有比豹子更动人的花纹。

怀念古镇的琴声，庙宇的梵音，几朵梨花飘落了屋檐，红烛在寂静处暗自流泪，你在庭院里走动，如一朵淡雅的茉莉。

——这是美学的范畴。

钟声远去的山岗，野花开遍的山岗，那里曾经站着一对恋人，幸福热烈地拥抱，背对着干净的墓地。

多年之后，一场紧跟一场的大雪，如归隐的词根，落在故国宽阔的音域上。

呵，安静之美！这黄昏中的落日。

霞光掩映，风吹傍晚的芦苇，这样的场景在灼伤着我：河滩上，小沙弥还在青石上习字。

一滴鸟鸣就能点亮一个秋天，我把感动捂在手心里。

直到有了盐粒一样的落雪，在草尖上跳跃，在石板上跳跃，在树丛和窗户间跳跃。

而心中的雪，是苍茫大地握不住的火苗。

涨潮的意象，温暖了我们依稀的梦境。

让我们的一生变轻。

白驹驮着时光，在黄昏的雾中启程，仿佛一生只为梦回故里。

风儿，缓缓吹着月亮的心跳。渐渐消逝的山岗，书童磨墨，宣纸展开了翅膀。

江上暮晚，蟋蟀拉起了美妙的弦子，如果这一刻还不能清净，就静坐吧，想象一首落雪的诗，想象我正坐在越来越轻的四轮马车上。

缓慢的流水，磨着刀锋。

只有荻花开得绚烂，素衣的唢呐吹出了血，呼应着高处的禅云。

醒来的芦苇比前世愈发清瘦。

试问，比镜中人更美的是什么？

东风没有前世。

梅花，一年年在南山飘落。

钟声安详，我宽大的袍子没有悔意。铁塔在眺望中，为一个季节的守望，收藏下人间烟火，和来世的忧虑。

雕塑上落满了雨水，卸下更多的轻，成为云，镀亮了大地的神像、瓦片和宫殿。

祖先的墓地，东南风吹着发电厂的春天，

没有人会理解我们堆起的一个雪人，一个有理想的雪人。一个注定会流泪的雪人。

只有回乡的橹声，在一场暴雨之后，梳理着陈旧的时光，而春天的青草也昂起了头。

赏雨的船只，穿过了梅花深处的渔歌。

雨后，那些光屁股的孩童，如奔跑的小蘑菇。

被秋虫唤醒的村民，带着一身秋风，赤脚走上时光的刀刃。

发呆的土豆，内心也有鼓荡的大风。

姐姐丢失了纽扣，爱情中明净的部分。从我的身上取走了光阴，沾湿了梦中的翅膀，比落雪更静。

苍穹之下，有双手合十的夙愿。火车的鸣笛带走了乡亲多少泪水，旷野里有坠落的星辰。

梦里依稀，流年不再。

这令人唏嘘的人生段落，这春天的梦和露水，多像曾经那个苦苦跋涉的少年。如今鲜衣怒马。

庭院花开，星光灿烂，一如闪亮的河流，将陈旧的往事覆盖。

小雪，正为大地涂上白银，仿若无声的葬礼。隔岸的灯盏，残年的旧学，半生苍茫和抽刀断水水更流的无奈。

流水滚滚东逝，哪里才是我们长久的寓所？
雨水中明晃晃的，是寂静的大街。

（选自《散文诗世界》2017年第4期）

穿亚麻裙的少女

王　剑

松树林醒了。

阳光为松林涂上一层金辉，又染红了露珠闪闪的花草、树木和果实。

一个穿亚麻裙的少女，坐在林边的长椅上。仰着脸，在谛听林中的鸟鸣。

她的脚下，是成片的木槿和菖蒲。不远处，一条小河潺潺流淌。

真美啊——

她就这样细细地听。如同一朵花，在听另一朵花开放的声音。如同河流的下游，在倾听自己的源头。

阳光照着少女光洁的脸庞，就像莲花溶进了无底的渴望。

穿亚麻裙的少女，我喜欢你如此的静坐。但愿，我能成为你的夏季。

当时光老了，我会为你读一首温情的诗歌。我们共同回想，那松树林昔日的黄昏。

（选自 2017 年 6 月 8 日《世界日报》）

居客栈

王　琪

一万亩绿洲有一万朵花，一万只蜡烛有一万束光。当我在通往西域的另一个驿站等你，长满风沙与胡杨的心底，就在这个情意浓浓的七月，葳蕤起难以平息的苍劲与深邃。

边关，无以抵达的远方。身后，烟尘滚滚，像一首诗句里的豪迈与悲壮。丝路上的漫游，就是从这条古道上的客栈，悠悠千载，通向了四面八方。

以笔直的线条勾勒出的客栈，形成居所古朴、雅致、典雅的气息。绿树之下，空阔的院落，和陈旧的木质结构的屋子交错杂陈，恰似天幕下的一枚棋子。

相比于富丽堂皇、气魄雄伟的宫殿，这丝路上的客栈，别有一番家的味道。

前堂划拳行令，后堂高枕安寝。南来北往的旅人，“远观烟徐徐，近看风云卷食色”。小小的客栈，留下了几多脍炙人口传说，不能复述和回味。

莫说千古风流的城堡，莫说此起彼伏的吆喝，丝路上的客栈，总是醒得太早，这摇曳的灯盏，总是小镇上最后一个熄灭……

偶然相遇，又彼此分离，像一场轰轰烈烈的爱情故事，在丝路上的客栈演绎，在历史的长河中日渐老去。

丝路上的客栈，原来也是久经岁月剥蚀，筑立在不经意间的繁华与衰落之间……

（选自《诗潮》2017 年第 4 期）

精神地标（二章）

王小林

桔子洲头

千里迢迢寻你而来

伟人。在土地散发可人馨香的桔园，你遒劲的笔力正迷惑、描摹着我的路，使我流连忘返。

桔子洲头，风情依旧，黛绿色青山被你指点而开。将自己置身于这种境地，感受伟人，你行吟洲头，激扬文字，这是一个升华人生的独处。

许多人兴致而来，又长叹而去。

是的，这里没有雕栏画栋，没有楼堂馆所，有的只是一片葱郁的桔林。这种在南方并不少见的普通的桔树，游离其中，我被绿化成一株。

立于此，感受阳光、风雨，也感受伟人的精神，更感受南来北往的人流，甚至发出的叹息。

匆匆而过桔子洲头，有人感叹这里景致全无，而我却顿感风景就像世上的路一样，其实就在你的心里。

韶　山

期盼阳光正好。期盼心情正好。

我们冒雨驱车走进这片肥硕的三湘大地。心中那片神圣的领地亮丽而明媚。

我想象不出那是怎样的一座山。这是游历过无数名山大川的游者都无法想象出的一座山。但，你的脑海里绝然装满了这座山的概念。

它洗礼过你我，洗礼过几代人，洗礼过这个命运多舛的民族。

你的高尚、智慧、清贫、无私永远飘扬在这个世界的上空，如一盏明灯。

今天，我坐着高级进口小轿车，穿过迷蒙的细雨，兜里揣着一迭印有韶山冲一位优秀儿子的钞票，整个真实地切近韶山冲。

我迷离在一些扑朔的岁月中，翻阅这些亲切的历史故事，渐近韶山冲。

这时，天放大晴，这是温暖的释然，是一种造化。此刻，我已毫无保留地融入了这随和的氛围。

（选自《海燕》2017 年 10 月号）

桃花太行

王兴舟

春天里，以天为伴的太行巍峨在哪里？有多少人这样好奇地寻觅：壁立万仞的冷峻，逶迤千里的雄浑。

谁敢说满山夭夭、灼灼若燃的桃花，美若画廊的桃花谷，汩汩淌歌的桃花溪，飞泻成帘的桃花瀑，静然若仙的桃花村，藏着陈旧故事的桃花洞，充满幽怨神情的桃花仙子，还有山味桃花面的美妙，桃花嫂子创业的传奇……就是群峰苍岩的太行？

桃花恹恹地问从脚下淌过的淙淙山溪，从头顶掠过的悠悠云影，从腰间飘去的渺渺雾景，太行在哪里？山草在摇曳，山风在歌唱，山鸟在翩飞，高处的泉水喋喋不休地说："太行不知何处去？"

其实，有位作家说过："朝阳是太行山的微缩景观。"朝阳村像一双明亮的眼睛，闪耀在太行之巅，请问村在何处？春风骀荡，桃花似海，满目灿烂，绚丽得像是天上掉落下来的一片云霞，一切都婉约成曼妙的图画。沿着熟悉的山径，叩着熟悉的门环，喊着熟悉的名字，想着熟悉的故事，听着熟悉的鸟鸣，就是遇不见熟悉的人儿，却看到了熟悉的丛丛桃林，依旧在春风里张扬着鲜艳的容色……

把自己沉醉在桃花的映像里，站在窗前远远地瞭望，那耸立着刀削斧劈危岩峻峭的景象，满身披着嫩绿的衣袍之上绣满妖艳桃花的可是太行？英雄硬汉也有柔美心肠，俏丽妩媚，似少女初装，且让太行妖娆去吧！

不由分说的桃花，让灿烂无边无际地泛滥，结果淹没了无可奈何的太行山……

（选自《奔流》2017 年第 7 期）

宁静的湖水

王宏雷

不都是有风的日子，总会平静下来。

远处的山，湖岸的林，水边的青草，这些虔诚的修行者，聆听湖水讲解宁静的箴言。

水草，婀娜如拈花的手印，似在指着什么，又似什么都没指。

碧水，一旦安静，就把白云，飞鸟，甚至整个天空，收入眼中。

有时我也被收了进去，只是大多时候，我并不知晓。

被收了的，远不止这些，还有湖底的沉渣，曾经的凄风寒雨。多少涛浪的尸骨。

总是似曾相识。这一次，终于认出了你，我也就成了你。扑面而来的宁静气息，吹散了身后多少风急浪高的蹉跎岁月。

一声轻叹，为这一生，松绑。

（选自《河南诗人》2017 年第 3 期）

石　巷

王忠友

落满苍老的时间，和岁月的斑驳。

山羊一样拐弯，折行。听前世的明月，读童年的孤独，和没长大的经文。

那是谁，拄着拐棍，石门里，颤巍巍走出——

石头的脸庞，摞叠灰尘，却有着达观，些许卑微的光芒。

佝偻的身影，那是娘亲么？

在石头村，唯有清苦的恪守，才能认领并且豢养那些苦难的过往，和贫瘠岁月。

那个忽然相遇的人，拐弯处，瞅我。

是否就是我自己，瞅我自己？

在石头垒起的故乡。人们很容易忘记自己。

就像我的父辈和祖辈，兄弟姐妹，都一个旧模样，石头的模样就是他们的模样。这样也好，走到哪里，都能认出故乡人。

离开，更要像还居住在这里的亲人一样，拥抱尘世草木情、天地万物心。

（选自《散文诗》2017 年第 2 期）

脉动西域（二章）

王信国

天马飞

天之上，一匹马或一群马，在翅膀上放浪形骸。

在翅膀上，离故乡那么远，又那么近。

一个人的草原，花种子、草种子，被南来北往的风，驮到远方。

远方，让天马每天出发，每天回归。

飞翔，与诗歌有关；与散文诗有关。

飞翔，翅膀擎起诗经的基因，擎起虔诚撰写的序言。

天马飞。风，从朝朝吹暮暮，从一位女子羞涩的凝视，吹到百花齐放。

现在，天马的草原不再空阔，河流不再寂静。

天马飞。飞在一首诗举起的云端；飞在一片草叶舒展的故乡。

雪之上

委陵花隐藏在宋词里，不再忧伤。雪之上，是祖先留下的时光。

雪之上，时光困在时光里，让冬天的手臂，无法抵达一只鹰的高度。

空濛，诵经的植物背负一片雪，闭门谢客。春天在路上，那么远。

雪之上，是笑容满面的祖先。雪之下，是一片麦子地的盛典。

绿色的叶子，不朽的根须，收集雨水，等待一只蝴蝶的绽放。

图腾，只是时间问题。十万植物，在十万雪花的梦境，安身立命。

雪之上，雁阵轮回成经文。而雪莲花，是漫长冬夜修行的灯盏。

（选自《星星·散文诗》2017年第9期）

我在伊犁等你

王剑宁

如果，你不曾来过这里，就不知道天的高远，水的深邃，山的威猛，草的辽阔。空气溢水，花草流芳，鸟虫啁啾，伊水轻呢。这就是我的家园啊！伊犁！一个被梦浸透的神秘庄园。

如果，你的心头还有梦，就让我在伊犁等你。等你驾着岁月的马车，在绿的神话里，卸载前世的忧郁，再装满鲜花和草种，在你心的湿地上，播种伊犁的晴天和丽日。

如果，你需要激情，我就送你一匹伊犁神骏。扬蹄踏雪，追风赶月。千年的梦想就在那里，遗失的追求就在那里。你只需要抖动意念的鞭梢，就会抵达你呼唤过千万遍的梦境。

如果，你需要真诚，我就捧上一碗醇香的奶茶。阿依怒尔大妈的毡房里啊！飘逸的情愫，辗转所有的沟壑和峰岭，让你一世的清纯，溶解在奶色的虔诚里。

如果，你需要豪迈，我就送你一碗肖尔布拉克。那是天山雪水和冰峰雪莲的结晶啊！喝下那碗酒，你就拥有了你的山、你的水、你的月亮和太阳。你把地平线刻在额头上，你把伊犁河盛在眼睛里，你把萨拉绰克山托在掌心上，你长出了岩鹰的翅膀，挥动之间，就站在了卡亚乔可冰山的顶峰。

如果，你还不相信，我就送给你一首歌谣。草原美丽的阿瓦尔古丽啊！衣袂飘飘，长辫飞舞，俏目传情。旋转的柔情，水一样的歌喉。当你走近她啊！就会醉死在她婉转绵长的情歌里。

我在伊犁等你！我穿着那拉提绿色的衣裳，折一尺喀拉峻的松枝，在果子沟的心口等你。

我在伊犁等你！我掬着一捧伊犁河的春水，乘一叶乌孙人的筏舟，在雅玛渡的臂湾里等你。

我在伊犁等你！我唱着刀朗人野性的歌谣，伴着伊犁木卡姆的合音，在草原石人的翘望中等你。

我在伊犁等你！我身披班超的战袍，怀揣张骞的赤诚，颂读着林则徐的长音，在伊犁将军的身影里等你。

我在伊犁等你！我把胡笳当笛，我把金戈当桨，我迎着长河落日，伴着大漠孤烟，在历史的烟云里等你。

我在伊犁等你！我带着十三个民族的情意，以花朵般的身姿，等你。

等你看看今天的伊犁！

铁路翻越沟谷，公路征服戈壁，高楼扬眉远眺，田畴绿波荡漾。新的线条，新的起伏，新的思潮，新的期盼。

历史和现实在这里汇集，古朴和典雅在这里汇集，苍茫和雄浑在这里汇集，诗歌和韵律在这里汇集。

在平平仄仄中填词，在沸沸扬扬中倾听，在黄昏和清晨里驻足，在梦和现实中翘望。汉族兄弟用维吾尔语向你问候，维吾尔同胞用汉语同你握手。一样的水流进血液，一样的情丰赡骨肉，一样的目光投向无边！

不感伤，不偏颇；不媚俗，不敷衍；不缠绵凄切，不流离彷徨；不怨天尤人，不兀自菲薄；不犹豫懒散，也不邯郸学步；不封闭固守，更不举步不前。

这，就是今天的伊犁！

我在伊犁等你，等你来我的家园坐坐！

（选自《风沙诗刊》2017 年第 6 期）

山　谷（外一章）

王崇党

不要再妄想抓住什么，能抓在手里的都是把柄，都是掣肘。

山谷正在轻轻合什，为万物生灵祈祷。

仙居山谷，我已没有太多奢求。

一些时间，我交给饮食俗物，一些时间我与古松对弈。我每落下一子，都会等松树落下它的松子。

在深深的暗夜，我与星空博弈，我总是自做主张地让一颗星星亮起来，又让另一颗星星暗下去。

我的山谷，是一张微开的嘴唇，正轻轻说着我的闲淡与富足。

寂静的颜色

无边的虚空——整个的寂静——万象的来处与归宿。

一小块的寂静动起来，就是风。

风翕动双唇轻轻念诵，声音便如种子般播洒出绚烂；风深入泥潭深处悄悄打通莲藕的节脉，让萌发在内心的清凉莲花灿灿举出水面；风削磨着万物，在人间留下处处风骨……

山涧背阴处打坐的风，重又平静下来。

慢慢长出的青苔——勾勒出寂静细密的毛茸茸的绿下巴。

（选自《青岛文学》2017年第10期）

微　语（外二章）

王猛仁

微　语

我驮着无梦的心境来到有梦的地方，在侧身聆听胸中蠕动的潮汐和一片幽咽的骊歌。

请剔起远行人离乱的心情，且让山外如纱的烟岚，掩护一个独行者的背影吧。

在悠长的街头巷尾，在淋坏的木栅栏上，我习惯于紧缩着一张愁苦的面孔，去装饰一个人的童话。

行色总是这样匆匆。当月高风清的时辰，我推窗谛听小夜曲的轻弹，你幸福的呼吸，开放在清朗明艳的盛夏，又一次阻止了我的扬鞭远行。

我的心已经不属于自己了，诗之花灿烂地在上面飘逸。

每天倾听自己灵魂的歌声，有时是流水演奏的音乐，有时是野花透出的芬芳，有时是阴云化雨前忧郁的低吟。

那些从远山流泉里渗出的潺潺水滴，那些从荷塘莲叶上轻轻滚落的露珠，那些从山涧花朵芬芳里摘取的绵绵情话，都是我圣洁的生命的微语。

唱　晚

这分明是阻挡黑白诱惑的日子。

那时，我将忘却所有的人，在雨后如洗的曙光里，在不能记忆的地方，把所有的不屑灌溉成静止。

远方，呈一条黑色状，欲把我的灵魂引开。

可是，今天是红粉遍染、百卉含笑的美好时节，就连喋喋不休的雀鸟也恣意地哗腾着，雷擂着。

直到我疲倦欲眠的黄昏含苞待放，直到我的枝干，我的思想，我的诗句，也睡熟在西子湖畔，迎接扬帆逐波的黎明。

轻风徐来。白楼环山层叠，小街绿树荫深。

星光与月亮，都在晨光中渐次消隐。

白鹭追着金色的云片，从我的头顶飞过去了，飞得很高很高。我不羡慕，也不嫉恨。一杯西湖龙井，沏入雨季，一口一口的品呷……

我愿意沉默。

我愿意慢慢地向你打开我心灵的那扇最隐秘的天窗。

并且，挥舞着彩霞，去呼唤那无际的长风……

桨　声

所有的河流从过去流到现在，一直向着前方，伴着夜的空寂，在沉默中坚守。

信念的帆，轻叩着古老的土地，在我们的血管里，时时有桨声划过。

浪花与青石组成的岁月，让荆棘和鲜花装点着日子。

欢乐和痛苦都有可能被某种瞬间的回忆取代，看似平静的河流却在冰层下激动地醒来，祈盼每一枚叶片正在孕育新美的阳光。

年代久远。布满蜘网和尘埃的古楼，像落叶一片一片飘逝了。

我们从落叶的丛林中出发，由冬天走向春天。然后，嘎然停止。

雨歇天晴，峰回路转。

前方又是鲜花的笑面，又是盈盈的眉眼，57 个年轮，以满月的姿态丰满着每个人的梦。

生命之流，将从今天开始，不知会掀起多少壮美的波澜。

我的黄皮肤的故土，是一匹悍马，会鼓荡起绿色的肌腱，隆起金色的脊梁，腾跃在诗意的中原，悠悠卷起一轮火红火红的太阳。

（选自《莽原》2017 年第 5 期）

湖上与湖下的开封（外一章）

王幅明

开封自古多水，故有北方水城之誉。北宋时期的东京，河道四通八达。整日流淌着诗风词韵的汴河、蔡河、金水河、五丈河，像四条飘带，贯绕城中。在历史残酷的变脸中，连接四面八方的运河像被扔掉的弃儿，无一幸存。开封人命中注定与水有缘，河流消失了，湖泊登场。在掩埋着帝王宫殿的废墟之上，渐渐蓄起美丽的潘杨二湖。在庄严肃穆开封府的瓦砾之上，出现了碧波荡漾的包公湖。那个繁华无比在金兵掠夺烧杀中毁于一旦的金明池的上方，而今是欲与杭州西湖一争高低的汴西湖。

当年，数不清的达官贵人纨绔子弟把名字写在水上，却像飞鸟在历史的天空掠过，未能留下任何踪影；留下的，是那些将热血和功业写进民心的俊杰，用画图和文字描绘出大宋盛世的贤人。

湖的一侧，每天都在上演着人们心仪的历史。杨家湖的北岸，是重新修复的天波杨府。精忠报国杨家将的雕像，巍然屹立。西岸是以画家张择端的名画《清明上河图》和南渡士人孟元老的名著《东京梦华录》为原型而建造的仿古园林，大宋京都繁华的街道市井神奇再现。晚间实景演绎穿越千年的风情歌舞，令观者如痴如醉。上元夜的喧闹和那人却在灯火阑珊处的冷寂，让游人回味良久。

那个曾有过一百八十三任府尹的天下首府，谁能说出历任府尹的大名？后人只记住了包拯。当今开封府每天上演的，全是刚正不阿的包公戏。

潘杨二湖和包公湖的地下，是尘封千年的历史遗存；泛舟客面对开封府与包公祠，心中充溢着对往昔的缅怀。唯有静静的汴西湖，荡漾着开封人的梦想。五座大桥将从湖上跨越。其中一座大桥名为

“复兴”。二十几条现代化大街及数十个生态公园的蓝图已经绘就。

秋风吹过千年

如波涛奔腾的秋风汹涌而至。

秋风吹过千年，吹过滁州醉翁亭的林壑。游人如痴如醉。那个在政治上不得志，屡遭贬谪，陶醉在山水之间的太守，依旧在人群之间。君子以同道为朋。醉翁的朋党往来而不绝。

秋风吹过千年，吹过滑州欧阳书院。学子们齐声诵读《秋声赋》。秋风，依然栗冽，只是，其意并不萧条，其声亦不凄切。挺立在秋风中的欧阳修雕像，犹如迎风招展的旗帜暖人心怀。

秋风吹过千年，吹过颍州的六一堂。这里是六一居士晚年的归隐地。也许秋风肃杀之气太过，只留给先生一年的幸福光阴。当年的一万卷藏书今日何在？还有那，一千卷金石遗文、一把古琴、一盘棋、一壶好酒？先生在此编定的《六一诗话》及《居士集》五十卷，是他馈赠后世的无价礼品。名传海内的颍州西湖早已不存。湖上仅存三贤雅集的会老堂，带给游客不尽的遐思。

秋风吹过千年，吹过新郑的欧坟烟雨。这是欧阳公及其子孙的安息地。一个因道德诗文为后人缅怀的大师，在千年之后的秋风中，欣然接受虔敬者的朝拜。

（选自《诗选刊》2017 年第 10 期）

洮河，一条说着藏语的河流

水　湄

大河悬空。

这琥珀，这来自蛮荒的高贵河流，用藏语说着你五千年古老神秘的传说。

希望五千年，悲怆也五千年。

从残存的史志典章中搜索，繁荣，衰败，开卷捧读，一条河流记得住自己的地理坐标和出处。

和平。战争。

狼烟四起，战马嘶鸣，荣辱的往昔，滔滔的洮河仍响彻着吐蕃、吐谷浑人、唃厮啰人勇猛的身影和激越的马蹄。

奔涌。咆哮。隐忍。平静。

辉煌灿烂，在万古苍凉的高原上蜿蜒，这个性的河流，就是一面波澜壮阔的人生！

雷鸣闪电下，你是一尊被雕塑了的象征！

你奔放不羁的元素在黄河的上游，是它的水塔，是勤劳者千年寻求的基因！

羚羊在远山的峰顶喊叫，葳蕤的草原，坐在厚厚的两岸。

母性的河流，以鼻音的摇篮曲，你唱出生命的献歌，你的乳汁养活庄稼、牲畜和勤劳的子民。

煨起桑烟，牧民，牛羊，油菜花耀眼夺目伴着滚滚翻卷的麦浪在巨大的现场。

烟与雾。草与石头。群星在你摇着经轮的两岸燃烧，雪鹰俯身。

当月亮和星星掉落在河里成为珍珠，当河畔插上美丽的鲜花，当染香的马蹄敲击如鼓，当蝴蝶扑进花丛，在风情的“香浪节”，看呀，似马如龙的扎西端着青稞酒，明艳如花的卓玛和央金戴着花冠。

张口歌唱，转身舞蹈，一个能歌善舞的民族，由你流动的蓝色血脉孕育，在你最深的水里醒着，举着火把和藏刀。

圣山走动。

经卷。祭坛。佛语。

大漠孤烟。被大风吹亮，太阳金乌站在洮河的肢体上闪光，歌唱。

（选自《散文诗》青年版 2017 年第 2 期）

绿叶的梦（外一章）

心　亦

梦中葱绿的短句，让琐碎且停顿了瞬间的夜晚，在窗前被骤然修正了几秒钟。

捡拾地面的碎银，就是重温叶的前身……

安生的空气里，平凡的岁月不用点灯。

夜莺的清唱，是一枚绣花针落进夜色后的回声。

梦：正穿过回声的针眼，走回家门。

萤火虫，在微弱的闪电里，悄悄地答应：

梦……黑暗里词语内心的灯。

凝视的背影，由凝重而渐渐轻盈。

与一株紫藤花对视

这些藤蔓，被谁盛情挽留，竟然与岁月纠缠不休……借助一圈一圈扭动的嗓音，把紫色的花朵，全都喊出了家门。

我看见，这个紫色的唱诗班，在阳光下集训。

两只蜂鸟，时而飞行，时而悬停。只有他俩，能够证明：藤萝拧干多余水分后的花瓣，多像修女们干净的笑声。

太阳埋伏在树后，准星在静静地瞄准……

（选自2017年8月18日“敬亭山文学”微信公众号）

一朵雨水，足够盛大

风　荷

在一片叶上，仰望苍穹。

天地饱满，透明的籽粒。被钟声抱紧，生根发芽。

云烟氤氲。一瓣瓣清凉的玲珑，落下。

一把词，唤醒鸟鸣，一声声镶嵌，一朵雨水，古老，晶莹，圆润。一次次细语般的探头问路。

万物拔节。

外祖母在诵经，我辨认花木鸟雀。

雨水，额头发亮，轻扬四蹄。在天空踩出一条邮路，抵达大地的宣纸，运墨的身段，炊烟一般。

雨水，冰清玉洁，像少女的欢笑。洒向梅花鹿的脊背，洒向始生的绿萍，更多地洒向满坡的茶树。

落进绿波。

草木间，是一个合欢的世界。

寺庙在人世深处，流水送来石桥，和那雨中伸展的叶芽。

青枝绿叶，苍翠丰盈。

把所有与春天有关的词抱在怀里，遥想竹露滴成清响。水到渠成，幸福的阳光，是一阕理想。

滋养人间。

（选自作者新浪博客）

会飞的花（外一章）

方文竹

近观一部电影系列片《女神捕》的主角就叫铁飞花，花是飞花，还姓铁，仅此名姓就活现出一副花样女神捕的精气神。

生物学意义上的自然之花早已占据日常生活的日常感官。我要关心的是，莫非一切会飞的花，是花非花？

会飞的花属非自然之意象，如钢花、火花、浪花、血花、流星……均可目之为飞花。蝴蝶、蜻蜓、鸟、飞机、彩衣、云影……都是制造飞花的老手。是上帝愿意让会飞的花布满世界，香沁于存在与虚无……当我蒙上双眼时，满世界都是会飞的花……一切刻在墙上、画在画上、映入脑海、说在话中、开在舞台影视中、审美论证中、赠予亲友中、科学式辨认中、作为食物药用、诗人笔下、撞开第六感官的暗门、被魔鬼劫持……的花都是会飞的花。

会飞的花是向上开放（飞）的花，而向下滴落（飞）的花，或许仅有一种：泪。

博尔赫斯很少写到花，或许花太鲜艳了，有了飞的隐义，不符合他乐于玩“复制”的游戏。

飞一般是无规则的，但有一条弧／斜／曲线，仿佛反规则中的规则，或说不确定性是它的规则，从而形成了曲解、变形、散漫、模糊、间断、异端、多向、多元、游戏、狂欢等。

会飞的花总是让人不安，恍惚，想入非非。但这一切，对于乐于玩迷宫游戏、擅长篡改和歪曲的盲人博尔赫斯来说，已不再稀奇了，整个世界是一朵会飞的花，在他的手中变来变去。

一次旅游爬上山巅不小心摔了一下，轻轻滚了下来，同伴们笑我：真的像一朵会飞的花。这是我平生头一次被评为“花”，殊荣。

一次在春天的皖南绩溪，快车上的山岭尤其拐弯处的惊险转换，看到遍野的杜鹃花在转在旋，这是我看到的最让人激动的花，会飞的花——

呵，因为心在飞动，天地间的一切花都是飞花。

到底是心在动，还是花在动？

黄昏，西山抽着烟斗

需要一点乌云，这幅画面形成了。落日的余晖掸着迷乱的烟火。

时间流逝，西山微微晃荡，沉思的头颅没入夜色，莫非和我有着相同的心思？此刻，站在月牙湾宛溪河岸的我明白了，夜为什么隐藏了那么多，那么深……我伸手抓一把，却是一团空无。

城市的万家灯火亮了，一个词照亮了另一个词。

（选自“散文诗选粹”微信公众号）

沙与水塔的倒影

卢　静

昨日，世界以一棵树、一座山，甚至一座水塔的方式，向我俯耳。

树，最早是黄土高坡的一株翠柏。

龙游的深根下，储藏一个古老的王国，而击透白云的绿，在一个扎羊角辫的小女孩瞳孔里，涂染无法抗拒的深邃。

比树更势摩穹顶的是，山。

争渡的船下，立体的红光。

群峰巍巍，雄狮卧谷，欲咆哮冥府，又似骏马凝蹄，只待一声长鸣，即将驰骋一千重宇宙。

一个万峰怀抱的孩子，不禁发问了：凭谁鬼斧神工，天幕上凿下雄浑的组雕？

石之髓，也在大山的脊柱里流淌吗？

我，大地上的漂泊者，又看到赫赫巉岩的国度，石头家族，正迎着悲烈的夕阳，一阶阶攀援，直到被丛生的云雾遮蔽。

与才学会摘野果的祖先比，我的目光“飘扬”了多少。

（选自《星星·散文诗》2017年第7期）

祈盼远古（外一章）

卢子璋

远古非为空穴来风，远古有一个确切的概念。远古在远古的地方一片灿烂。

远古，周天子喜欢，孔夫子喜欢，列子们喜欢，家居漯河的许慎老夫子也喜欢。国家和人民也都喜欢。

爷爷、奶奶、伯伯、叔叔们也都打心眼里真心地喜欢。我的老师们、同学们也都拿笔当烛香，经年累月地祈愿。祈愿一个美好的向往和抵达。就连一些肮脏的官僚也愤怒地拍案：人心如此不古！

远古并没有走远。远古的影子还在我们身边。在一些人的肢体里冒泡或者开花。远古有一个答案在流传。远古把一个非物质却超物质的或者说是比物质更为物质更为具体的标杆或准则明示给我们——

那就是：德！

这些德就在那里。在字典里。也在我们每个人的心脏的血液里。是我们的一株思想，每一个言行。

让我们在祈愿中行动吧。

我们每个人都是远古。我们每个人都有流光溢彩的基因和潜能。当“德”充盈于我们每个细胞，每个空间的时候，我们便回到了远古，人人便是有德之人，社会便是有德之社会。华夏也便是有德之民族，文明之强国。

有德便有了一切！这是圣人说的。

此时，我真的想携你抵达远古。那么，就让我们洗手净身，一起抵达那个绚丽灿烂的远古吧。

（选自《中原散文诗》2017 年创刊号）

“七步村”行吟

因作“七步诗”而名闻天下的先贤啊！今天，我们来看您，也是有感应的吗？这淅淅沥沥的秋雨，这不时飘落的杨树的叶子，也多么像您旷世的无奈和哀叹。它们很快地弥漫了您的这座墓园。

而讲解员又让我们穿越，回到了曹魏的年代。那个做了大魏皇帝的皇兄，就在这里为难你。

旗幡飘展，金车玉辇，遍地高贵的黄色。

那些手握兵器利刃的将士队列了很远。作为隔着时代的观众，我们也为之胆寒。“煮豆燃豆萁，豆在釜中泣。本是同根生，相煎何太急？”您成功了。这些今天淅沥着的小雨，可是当初您和那万人目睹者的冷汗？！这些不断飘落的树园的叶子，抑或也是您和那些人的叹息、哀怨？

千年时光逝瞬间。如今，您的墓园里已经静寂：几块墓碑，一座硕大的墓冢。

曹丕和他的江山荡然无踪，而你却在文坛的荣誉榜上站立。后人在同情瞻仰您的同时，也必在咒骂另一位嫉妒心强的兄弟。

时间之手，把历史一页一页地翻过去。现在，一个作家代表团来到了您的墓园，拜谒瞻仰您。

走过去是七步，走回来仍然是七步！

步着您千年的脚印，我们仍写不出您那种凄婉的句子。这些作家诗人，笔下流淌着的是开封这座古城的和乐融融，是古城的春和景明，是今天和明天的美好盛景。

（选自《漯河城市周报》2017 年第 46 期）

旺山手记（节选）

叶　梓

这是一座我喜欢的小山。

尽管它卑微地斜靠于苏州横山麓，但它的历史之源要追溯到刀光剑影的春秋战国时期。彼时，吴越争霸正酣，这里是一片辽阔的水域，或者说，旺山脚下就是吴越两国怒目相视的一个小小渡口——不远处静静流淌的越来溪，仿佛见证了这一切。

西施从这里侧身经过的时候，一定满眼忧伤地想起家乡的浣花溪。

——现在的西施塘与范亭，就是旺山额头上的两颗历史之痣。

七子山下，九龙潭的碧水深不见底，宛似一个幽深的梦境——每一个远足而来的人，都是向梦境索要礼物的人。然而，九龙戏水的瀑布给予你的是大自然的动态之美，而九条囚禁着的小龙在潭底戏水不止的传说，是旺山的另一种虚无之美，能让一座山的风神顿时摇曳起来。

七子山下寂寞的揖山亭，仅仅是渔民艰辛生活的一段写照么？

站在尧峰之巅，极目远望，太湖风光尽收眼底，颇有“一览众山小”的苍茫之感。如果说“万竿绿竹影参天，风曲鸟鸣入山幽”是尧峰的生动写照，那么，苏轼的“西南登尧峰，俗云尧所基。洪川不能没，上有万众栖”，却用寥寥数字写尽了旺山的人间烟火。

余生晚矣，站在尧峰之顶，望不到苏轼远去的背影。莫非，是让一场历史之风吹走了？

这是中国最美的乡村。

我曾经拥有十八年的乡村经历，这段由露水、月光、雨水组成的日月，是我生命深处的胎记。现在，身居闹市，人心浮躁，我常常会一个人去旺山。我喜欢这里的小桥流水、粉墙黛瓦，喜欢这里的江南风光。它作为中国乡村旅游的一个标本，从一个偏远小村华丽转变成中国最美乡村的同时，还为当代中国一颗颗疲倦的心灵尽可能地提供了一处休养生息的桃花源，这才是它最重要的美学意义。而我留恋其间，就是渴望从这里的一山一水里领回一把记忆的钥匙，打开一扇乡村的门，然后，缓慢认领古老的事物，并给它们一一命名。

（选自《丝绸之路》2017 年第 10 期）

我用眼眸丈量美景

史　枫

在馆陶，一条河流分界出千年古县。

卫运河，流淌着地域风情，携带四季分明的特征，将一片土地的属性，勾勒出祥和的风调雨顺。

在馆陶，你可以放下诸多尘世之累，尽情徜徉在明媚阳光下，与风对话，与景相融，描绘出人在画中行的故事。

是的，馆陶有许多故事，那是一部厚重的演变历史，写在它沉稳而浪漫的土地上，让你不由得爱上它的前世、今生，用诗歌、音乐之美吟诵。

如果西汉赵王在城，或是唐朝一代名相魏徵还世，一定不相信自己的眼睛，在二千二百多年飞逝的年轮里，指认出馆陶脱胎换骨的改变。

它已蜕变成一个美丽的地标，将天地大美的自然纲常，融入寻常百姓的生活血液，被打造成荣耀的范本，成为人类宜居的美丽乡村。

你看，公主湖畔，溪水潺潺。宽广的水域，温润、宁静的湿地，还有翩飞的鸟鸣，迎风摇曳的芦苇，将人文融入自然，将历史注入现实，每一片风景都被赋予不同内涵，彰显馆陶深厚的文化底蕴。

这里的人民安居乐业，路不拾遗，并让小小的乡愁情怀，升格成大的发展格局。乡村风景、魅力小镇，吸引了来自四面八方的关注目光。

春华秋实。在馆陶，你可以看到铬黑小麦摇曳着沉甸甸的麦穗，晒着秋阳打盹。黄瓜和蛋鸡，彼此对望，默数自己硕果累累的家族。

黑陶静美地发出釉光，让自己的民间艺术发展史，诠释什么是

“土与火的艺术、力与美的结晶”！

在馆陶，我已目不暇接，被那么多小镇流溢的风情所感动。你看：粮画小镇、黄瓜小镇、教育小镇、羊洋花木小镇和杂粮小镇，在春天里，点燃了无数热爱生活的人们心中不熄的灯火。

是的，生活需要灯火，需要一种生生不息的传承和奋斗。

我在馆陶，看到一种涌动的精神和游走的画笔，一直在不停地描绘蓝图。

他们是一群馆陶人，在自己祖祖辈辈生活的土地上默默耕耘。

我看到，在他们发光的皮肤里，晶莹的眼神中，写满幸福和骄傲！

（选自《诗选刊》2017 年第 6 期）

喀拉峻上空的鹰（外一章）

史松建

它俯瞰自己的领地。

在喀拉峻，以君王之姿展开双翅的鹰，翅膀之上天空蔚蓝，翅膀之下，绿草青青，大地辽阔。

万物自有向上之心。

这个精明的君王，知道大地上的生灵不宜驾驭，只可引领。

它向高飞。

飞得越高，仰望的头颅就越多。

小野菊

小野菊开在秋天的路边。

黄色的，亮亮的，闪烁人眼的小野菊。

像个天真的孩子，让人忍不住蹲下身来，想要摸摸他头的小野菊。

在路边开了多久啊？

怎么会开在路边，是不是忘了回家的路？

或者家就在附近，在路边只是为了看匆忙而来，又匆忙而去的车流，人流？

如果是，那么都看到了什么？

是到达不重要，在路上会有更多的风景？

还是活着本就是件负重的事，轻盈才是存在的本质？

世界已经足够复杂，简单更容易找到真相。

沉默不语的小野菊，安静得像个哲学家。

（选自《绿风诗刊》2017 年第 3 期）

一束稻穗（外一章）

冉茂福

我们穿行在时光的内部，在秋阳的爱抚下向往一束稻穗的爱情。

金黄的稻穗，我梦中的家园。一浪高过一浪的柔风，清新，混合野草的拔节，所有的果实都在颤动。

秋天，我听到稻穗流过时间的声音，那些沉默的镰刀、背篼、犁铧随季节而舞蹈。破土而出的阳光，在田埂的脊背灿灿生辉。

遥远的日子，是苦难的记忆。我的爱人，在苍茫的原野，用皲裂的手挥舞落叶，深沉的黄土地，斑驳而忧伤的皱纹。

如今，一束稻穗，在季节的高岗通体透明，眩目的质感，令人迷醉。我的爱人，羞红脸庞，埋进我的怀里。

在金黄的稻穗里，沉睡一个幸福的灵魂。

最后的稻草人

季节在响，像沙子流动的声音，轻轻擦过岁月的边缘。

你的虔诚你的坚守是缘于对大地的思念，用一生的代价来装饰天空的风景，乡村的爱情点缀夕阳无边的山色。

让风牵动你的手，让花香温暖你的心，空旷的原野陪伴你的招摇，我不想让风在一夜之间粉碎。

孤独而漂泊的灵魂，行走在石头的内部，一束束的磷火在奋力燃烧，逶迤而去。我的寂寞与忧伤，在乡村的山头开放。

我只想做你的稻草人，默默地守望。

（选自《散文诗》2017 年第 7 期）

替别人记下一些忧伤（外一章）

白炳安

打开城市的生活，在小小的角落，替别人记下一些忧伤。

那些叫草民的人，不知不觉就走上一条违规的路：

在街边，摆摊卖菜，做着最小的生意。

因害怕被追逐被没收，靠在街边，在阳光下落地为草，也不敢茁生半寸身影。

靠一件大衣，熬过一天寒冷；

凭一把雨伞，度过一场大雨。

渴了，饮杯开水；

饿了，吃个馒头…….

哀痛如一根刺插入卖菜的老人的心里，涌出泪水：

“我一粒粒剥出来的蚕豆呀，却收来一百元的假币！”

浑浊的眼神——

一时找不到一分诚信以待，

脸上泛起的苦苦，期待围观者泡出一杯温馨的同情。

天空诉说

夜，一直黑我。

我以忍受闪电的打击，来感谢夜专门黑我的渲染。

我知道逃不掉鸟趾踩在我身上的命运。

我看到一阵面无表情的风鞭响碎落的树叶，一夜经营灰尘，想污蔑我。

鸟翅的每一次拍打，伤的不是我心胸里月光的音弦，只是溅落沾满灰尘的羽毛。

子夜，一切归于安静。

我的皮肤经月亮擦洗了整整一晚，云一样白净。

我以宽广的能量抽空内心的虚无，存入一笔星星的灿烂，摇醒黑夜储存的梦境。

路灯迷昏，照不见前路。

黎明的临界点。

我拒绝与黑暗的影子拥抱在一起。

在翅膀的扇动里，重新在云群里找出阳光的踪迹，把形而上的心境

再亮堂一次！

（选自《散文诗世界》2017 年第 5 期）

崆峒山（外一章）

亚　男

去之前，我就想过——

一座山的历史，应该具有人文向度。

秦汉时期，崆峒山就传递了这一样的精髓。远离喧嚣，守望沙漠。一片绿多么珍贵。云雾走来，木鱼声声。

我在一片空旷之地，仰望山峦。

这是一片民族融合之地，东连关中，西接陇右。

毗邻长安。

一座山不会相信荡气回肠。

但，一座山的仙气，一定不能缺少灵魂。先帝稍不留神就去了崆峒山，是不是寻花问柳，大臣们也无从知晓。

一旦，一座山有了丝绸的质感，

纹理中的波澜，自然是少不了肝肠寸断。

也许有人私藏了酒。

我去的时候，不见道家念经，一坛酒早已备好我的行程。

一些诗句的狂放不羁，

佐以豪情，又是那么想念江南的温婉。

历史的烽火殃及的时候，酒杯已经空了。东倒西歪的我，撑着一把油纸伞，忘记了断桥的江南。

癫狂的诗句，押着月亮的韵，

丝绸上的花鸟赶来，也没有劝住我。

谁又愿意陪着我今晚，唱一曲花儿。沿石阶，我听到香客的虔诚。

300里之外的长安，我拴马的灞河边，歌舞升平。

垂柳系着的月光已经脱缰。

我再一次呼喊着，我的盔甲早已不知去向。远古的战事，收走了我的盔甲。而风留下的萧瑟，

在月光里，崛起。

西域啊，一匹丝绸裹着的玉体，

战火停歇吧。我的酒，一度辽阔。冲出我的胃，一座山也是这样疲惫的。

郎木寺

还有一粒光没有走失。

我坐在郎木寺外，手中的香，点燃一朵花。是酥油花。远一点的，青草和树都没有注意到，阳光在我的脸上，有一些血丝。一夜的奔袭，找不到休息的灵魂。失散了的孤独，折返了回来。

我在郎木寺的避阴处，回想。

很多人都走失了，这不就在昨天，一句话不小心，爱情就落荒而逃了。

很长一段时间的空白，塞满了忧伤。

一转眼，端来一杯月光。

我来不及推辞一场战事，凶猛的硝烟四起。再远一点的河，涨水了。我听到木鱼声和河水的声音融合在一起，越过了墙。

绛色的袈裟，没有丝绸那么从容。

步态有些萧条。

祖先开凿的这条道，天寒地冻。

开光了的一串手链，木质的心情，倒回去，就是一片月光。冲

锋的战马跑过古代。我的长衫遗落在路上，我承认我是一个穷困的书生。

酒肉穿肠而过，谁也不知道我今夜的醉，究竟要什么时候才能醒来。

铺下丝绸，我才想起织布的母亲，已不在了。

在郎木寺上一炷香，母亲也许就会好受些。

尽管去往西域的路，在郎木寺逗留一下，并不妨碍。

对于嘉峪关的向往超过了一匹丝绸的细腻。

在那里，我可以抵御我的孤独。

挥手作别郎木寺，

阳光也起了一个早，铺下辽阔，将经卷送上了马背。

（选自《飞天》2017年第9期）

苍 茫

亚 楠

1

夜宿阔尔克草原，我看见喧嚣已经开始蔓延。尘世中混浊的眼让物欲放大，也让心灵不断遭受侵袭……因此，躲避也是一种选择。但又能够遁入何方呢？红尘滚滚，贪婪让人心扭曲，信仰缺失，人们趋利忘义，虚伪恣虐，伪善在高处挥动阴暗的小旗。目睹这些，又怎能够奢谈明亮、和谐？

但毕竟，人心向善一直都是时代主流，要不然人类何以薪火相传？只不过是，一些不和谐的音符时强时弱，我们根本无法根除。这也没什么，只要善的力量足够强大，人类的根就不会裸露在虚妄的尘世中……

2

那一年，我在等待中思索，试图用自己的悟性感知生命，但结果却超出我的预料。为何？我就反复思忖，并寄希望未曾迷失的人类良知。这样，我便深入其中，深入一棵树的根部。是啊，我们根本无力改变什么，但却可以选择，可以在纷繁的世事中拉住自己。不为别的，只为人间还有真、善、美，还有许多值得尊敬和留恋的东西。那么，我就依然朝着太阳升起的方向，朝着光明迈进……让内心的苍凉褪去吧！像一缕光融化坚冰，迎来春光明媚，这既是我的夙愿，更是我追求的生命本色。

可是，并没有多少人愿意看见这些。在一个世俗化的时代，追名逐利早已成为风尚，并且深及骨髓。人们忙忙碌碌，只为贪图虚荣，以及物欲的满足。所以，只有从最基本的品行入手，还原为人类得以繁衍的本真，才有可能去蔽、固本。

3

因此大自然也如此脆弱。我们决不能一味索取——显然，每一寸绿地都有其存在的理由，草木繁茂，花影翩跹，这既是美，也是灵魂得以栖息的居所。而鸟鸣伴长风飘逸若天籁之音。没有骚动与喧嚣，惟青青草色皆是人间美的憧憬。多么好啊，这鲜活的情感孕育，时光也在幽深处与大地交相辉映。可以说，这即是我们活着的意义所在。令人欣慰的是，人类已经觉醒，不被贪欲所裹挟，让美还原为美，这才是大自然的玄机和奥义。

4

我们总是怀揣梦想，试图在苍茫的岁月中收获爱情。但更多的情形并不能遂人心愿。也许吧，纷繁已经改变了心绪，人们见利忘义，随波逐流。这使得物欲膨胀的社会更多了一层冷漠和虚伪。金钱被放大，精神在缩小，世俗化的生活已经把人们推向了唯利是图的深渊。那么，向美向善就是一股主导我们走向澄明的重要力量。显然，当人们在追名逐利之时，已经忘记了德行与操守，甚至连起码的做人底线也丧失殆尽，——我总觉得，这就是社会的倒退，也是人类的不幸和悲哀。

毕竟，我们前进的方向不能迷失，更不能为贪图一己私利而良心泯灭。因为人类文明进步是以向美向善为基础的，倘若节操不保，信仰缺失，社会必将陷入一片昏暗。所以我敬仰那些有德行、有灵魂、有信仰的人，唯有他们的存在，社会才得以繁荣发展，人类也才会不断向前迈出崭新的一步。

5

我相信万物有灵。相信树木花朵，她们的痛也是我的痛，她们用爱喂养生命，我也是。所不同的，皆源于耳朵和眼睛。假如我的麻木再深些，假如我看见了太多的黑暗，假如石头开口说话，假如……啊！假如根本没有这么多假如，那么，我又能够听到什么？但此刻，在雪域高原，我脚下的荒芜，我的梦皆是偈语。

如一种攀爬，上升的力量被打开。我朝向天空，极致处，风起云涌，雷声穿透了夜幕。便能够松开手，等待命运之神降临……

6

下雪了。这空阔中的安宁，圣洁之花簇拥着它们。而山谷渐次打开，若虚拟的风景被白色所吞没。看啊！这白是梦幻，是太虚秘境呈现的祥光。

但万物都回到了他们的休眠。也即是，回到根部等待另一次相遇。所以，我在这场景里逗留，在无限漫长中把自己交还给土地。

这期间，我只悉心守望，如岩石的呼吸缓慢而悠远。或者在一片雪花的怀中，让时光不再游走……而我停下来，也是为了那些草不再孤独。

7

春天就这么来了。风一直在吹，大片的雪花飞舞，如无数白蝴蝶把天空拉向低处。我知道，这是北国三月，是嫩芽刚刚苏醒的季节。而那些躲在暗处的树，摇晃着，如微醺的酒徒回到了他的梦中。此刻，雪以亲人般的手抚慰灵魂，并在午后的静谧处，抖落残冬的阴霾。多么令人怀念啊！你们看，春用她的妩媚抵御，仿佛内心的光亮把季节打开……但那时，人们似乎丢失了灵魂。

在旷野上，在丛林中，被唤醒的三叶草鲜活而明亮。是露珠浸润了它们，还是阳光又开启了另一扇窗？就这么静静等待吧！因为我知道，春天真的已经来了……

（选自《海燕》2017 年第 2 期）

后山小妹（外二章）

吕政保

后山小妹比我穿裤子早，夏天洗澡被撞见，总会一个背身，这时月光很美。

后山小妹爱跟我一起捉泥鳅。我在前，她在后，哥哥，牵我的手，两只小手便在田间搭岁月的桥。

小妹常到我家借宿，披一袭月光，牵一个小小弟弟。我们家老鼠多。小妹便拉着我，给夜壮胆。

光着腚子洗泡泅。穿着短裙子的小妹便在岸上远远地看。分不清谁是谁眼里的风景。

小妹在收割后的田野放水鸭，等在我上学的路上，悄悄塞给我两只煮熟的鸭蛋，清澈的眸子储蓄渴望。

家乡的映山红满山遍野。小妹长成一朵灿烂的映山红后，进城了，多了身份：打工妹。

阔别多年，不再年轻，我和后山小妹相遇。我想好好读一次她的眼神。她躲闪。我惆怅郁闷，不知道如何祭奠小妹的青春。

梦语楼兰

塞外楼兰，一场散而未尽的千古筵席。

有没有人说过楼兰是位绝世女子呢，那必定沉鱼落雁，闭月羞花，也必定倾国倾城。

倾国倾城？今看那残垣断壁，得一声长叹！

看过去，才子携佳人，城池踱步，花间赏月，酥腰柔眉，卿我两相怜，不理城外狼奔豕突。

听过来，文武君臣，琴声筝语，舞榭歌台，揽盈盈水袖把酒酣欢，忘了帐前征幡风里寒。

刀光剑影，岁月烈烈，分骨肉，断柔肠。楼兰，一片蛮荒的土地里生长，金碧辉煌之耀，骏马奔腾之势。乾坤不顺一朝倾之，葬身岁月风沙，陪驼铃迎风，听号角吹寒。

君生我未生，我生君已眠，前世今生，一约千年。生死两关，梦语楼兰。

禾苗的惆怅

想当年，禾苗在农民的手中多么受宠，一蔸蔸地插，像美丽的少女绣心爱的花。

想当年，禾苗在农民的心中何等被呵护，烈日下，用手抓，禾苗行里根草不见。

禾苗是农民的孩子，感受着农民手和脚殷勤的体温。

禾苗很感动，结饱满的谷，回报农民鼻尖上滴下的汗水。

农民开始撒播了，动作潇洒，像仙女撒花，禾苗感到被爱撇远，盼不来脚的殷勤，手的灵动。

农民用除草药了，三下五除二，禾苗承受着一种不再亲近的冷落和被药毒的痛。

当年，禾苗身旁有少男少女的欢笑与靓身。如今，偶尔陪伴的是剩在乡村的孤寡老人。

禾苗依旧爱这块土地，依旧想结壮实的谷，农民啊，能否重返一个正面而非疏远的背影？

（选自 2017 年第 6 期《散文诗》上半月刊）

南麂岛手札

任泽健

一

浪。一波一波，是谁的手在推波助澜？

飞进船舱的，打湿裤脚的那三两滴，与我有着怎样的亲近？在我的嘴边滑过的咸，经历了多少年的沉淀？

船板上的铁钉已锈蚀斑斑，看过了多少的云消雾散，听过了多少风急浪卷？

南麂海岛，在时间里走过，又在时间里茫然。

那岸壁的石头，存在了几千年？几万年？它们比一条小鱼、一条小虾，更加深刻，更加幸运？

一条小木船，在浪潮里驶入，它承载的，和它将要抵达的，风已经明了。

二

在孤岛竹屿，你最能感怀时间的伤痛。

废弃的石屋，一双黄球鞋、一双黑皮鞋，随意地丢弃在窗台那边。我拿起又放下。很轻，没有奔波的劳碌，和踏遍青山的尘垢。

许许多多的往事，都在风中散尽。它承载过的生命，不知道去了哪里？

当我把目光向高处看去，一个个奇形怪状的巨石，似乎开成各色的花朵。

它们的忍受超过了所有诗歌的表达，一朵花的开放，那是以许多生命作为代价。

三

月光如火。是什么把她点燃？

在千年的月光之下，我，醉在海鲜与啤酒里。

虾兵蟹将们，一路跑来；啤酒花里隐藏不露的是过去的目光。

在如火的海潮里，在更远处，在遥远的上海，一群人，来饮下这风月。

夜半的风，撞开了我的房门。梦里，赤脚追赶，无尽的浪花携裹，带到幽暗的所在。海底的世界，星星熄灭了光芒。

（选自《散文诗世界》2017年第2期）

与梅花书

任俊国

1

蓦然一惊，腊梅花已经开了。

光阴从低处爬上枝头，开始一年的总结。说好彼此不辜负对方，大约也只有光阴做到了。在感叹中与馥郁的腊梅香一起深深地呼吸。

一朵黄金，也那么脆弱啊。

到时绽放，过时凋谢。腊梅倒也并不伤感，从金鞘中抽出香之剑击穿眼前的冷和未来的迷茫。在枯寒季节，腊梅花做了很好的提示和引领。

梅边便是池塘，总感觉少年的水漂石、青年的采莲曲还停在某个清波上，随时可以再漂起来，可以再唱起来，荡开无限的欣喜。而残荷显出铁线般坚强，即便寒流冰冻整个水面，它们也不倒。

岁月可以回忆，但不可以颓废。

蓦然又一惊，于人事消磨中已到中年，旧时春风不改，北风也不改。往事是我们寂寞里且行且远的伴侣。

腊梅花开向冬的深处，在时令中淬火，给夜黑和寒冷点灯，用缤纷的香尘给春天铺路。

而我，走在通往腊梅花秘境的路上。

2

出门左转，她在等我。

天很冷，清露从竹叶上滴落冷翠色，而她把所有的温暖都绽开在这清晨。阳光斜穿过玉兰枝，她的笑便斑斓、透明、红润。

一切在晴朗下晴朗起来。我的影子走进她的影子，失陷在她摄魂的香里。很多时候，我以为天地间，唯我们情意款款。

我甘愿交出我的高贵，伺候她的高贵。

在红尘中，她是我今生的红颜。相见则喜，则狂。则痴，则醉。则神清气爽。眼前仿佛有神灵光临。

她是我魂灵的病灶，也是我魂灵的良方。

我忧郁。我无可救药，又药到病除。

出门左转，一株红梅开在我间关幽鸣的灵魂上。昨夜，她与明月同在。

（选自《四川诗歌》2017 年第 3 期）

捡垃圾的表嫂

向天笑

表嫂有点心高气傲，在农村还算是长得有点姿色的女人，她走起路来，旁若无人，目不斜视，抬头看天的时候，远比低头看沟沟坎坎的时候多。

表哥，从矿山下岗了，等于一群活蹦乱跳的鸡鸭发瘟了，等于一头快出栏的肥猪失踪了，等于表嫂盼望中的新房倒塌了，等于女儿的嫁妆、儿子的读书费用泡汤了。

好强的表嫂，流了三夜的泪水，就一把拖着懦弱的表哥进城了。

两个人，总是一早一晚在街头或者巷尾，出没；总是一前一后，表嫂背一只编织袋，表哥拖一辆木板车。见到大盖帽比撞到鬼还怕，罚一次款，一个星期就白忙了，那板车是唯一的家当，碰到不好说话的，连家当也没了。

心高气傲的表嫂，低声下气了，还没来得干枯的一点姿色，被那些垃圾涂抹得一塌糊涂。她走起路来，不再旁若无人，也不会目不斜视了。更多的时候，像一只警犬，到处搜寻她的目标。

只是，现在低头看沟沟坎坎的时候，远比抬头看天的时候多。

（选自《散文诗世界》2017 年第 8 期）

我的歌唱，在静默里绽放（三章）

刘　虔

又见渡口

站到阳光的阴影里，只想挽回一个离走他乡的承诺。
风入松。乌栖啼。心有火。
走遍所有的山岗、土塬，古井与溪涧的干涸，
只为停泊在这摆渡自由的时候。
渡口，渡口，又见渡口。
月下，浓酽的苍茫在沸涌，镇住万顷波涛的歌哭。
命运的眼神剥离了所有的胆怯，
却无从点亮躲在夜的深处那个小小的角落。
时光板结而凝定。唯有风，穿梭于无言无语的阔远。
又见渡口。又见渡口。
走过了荒漠，走进烟雨，在这摆渡自由的时候……

盲杖上的祈祷

盲者走上盲道。突突突的沉重，击打着冷漠而喧嚣的城……
天意在他的盲杖上祈祷，一步一蹴，点石成金。
篱笆困锁的往事，已经结痂在童年的记忆里。
青青草色，枯萎在三月的田垅。
黑夜褪去最后一丝光羽，收住翅膀，回到内心。
芒鞋与破钵，已是生命不弃不离的依托。
褴褛一身。尊严破碎，却渴望着灿烂。

谁在城市的暗处，喊痛？
谁在寒凝街头的长夜，想火？
天要下雨，风吹树摇。
一任铁铸的踯躅，引领盲者前程难移的风涛……

一滴水的海洋

一片星雨，溅落在深晚，那里是无言的空阔……
我幽梦于我街边的小小的书房，游荡。
弥天的暗夜，有灯火在耕种。
光芒从文字的旋涡里喷出，响起雷暴，雨在滂沱。
泥泞的路上也有晓风朗月，正前行着我的踏访。
黑暗是名片上的箴言与谶语，能抵达一切关闭的心域。
千百年的沉默呐喊着，在倾诉中狂舞。
不灭的，是火焰，是浓缩在钻石里不死的心愿。
我在一方天地间，游荡，幽幽地如百步穿杨。
喔，幽幽的，是这一滴水的海洋。
心与心寻觅。心与心苦恋。心与心相拥相逐于生死场……

（选自《大沽河》2017 年第 2 期）

骨　头（外一章）

刘向民

咔嚓。一声轻轻的响。隐隐的声音，在体内隐隐地响起。

一根骨头断裂了，白森森的，血涌出来，沿着骨缝流淌。

在一副沉沉的重担下，不堪重负。

一阵阵疼痛剧烈地扩散，在皮肤下扩散，在血管里扩散，疼痛遍及全身，凝成额头的冷汗，一滴一滴地沿着面颊滑落。疼痛的意念，充沛着天空。天空遍及疼痛。

多少年后，在一撮陈旧的泥土里，我翻出了这根骨头，断裂的痕迹已经陈旧，伤痕憔悴，却一直疼痛着，渐渐地愈合。

这根断裂的骨头，伤痕仍在，疼痛仍在，仍然在泥土里静静地卧着，在太阳下发出耀眼的光芒。

这不是一段无可言状的虚构。

乡　愁

我爱过的，已经无法重新再爱一次。

遥远的炊烟扶摇而上，随风飘散，我只有遥望。虚无飘散在天空里。思绪，以及情感，却飘散在天空里。

白天已经跌落在黑夜里。在一片茫然里，我对着星星把自己喝醉。一阵风刮来，眩晕更加剧烈。

我已经浪费了很多的好时光，叶绿了，花开了，一场雨涌上来，我躬身把自己潜伏在青纱帐里。

一场大雪就要落下，饥饿的鸟雀在空中飞过，叫声划破一片雪花，干枯的树枝铁青，装扮着淡漠的风景。

我真的无法再回到从前，远离了土地，远离了乡村，曾经爱过的已经无法再爱，只有漠然，只有把自己深藏在乡愁里。

（选自《散文诗》2017 年第 6 期下半月刊）

曾经军旅三十年

刘俊科

一

那时，我们真的是一腔热血。

真诚的锣鼓，拥抱着我们狂跳的心。一朵红花，映照着初春的激动和我的青春。

舒展的大地，铺开了我对故乡十八年的情何以堪。我把背影留给了那片土地，勒紧的背包，如同我收紧的目光，我真切地感到了树木、庄稼，以及所有植物，用根须把大地抱紧。

风过芦苇，荡起一阵紧张。

我就是凭着一腔热血，走进了一片青春的森林。

从此，我拥有了故乡这个温情的词汇，后来也懂得了乡愁的诗意徘徊。

二

蓝色，成为我生命的底色。海魂衫包裹着我的青春和属于大海的魂魄。

黑飘带随风飞扬，把我的目光指向远方。

激荡的岁月里，我们的青春在大海里淬火，燃烧之后的坚韧，铸成大国之盾，与蓝鲸一样的潜艇融为一体，游弋深蓝。我们聚集起海天之间的所有闪电，积攒着一声惊雷的爆发！

不是所有的青春都能抵达火焰，火蓝刀锋上，阳光出鞘，燃亮每一个清晨。

我们在你不知道的地方为祖国巡逻，在你梦的边缘，我们以钢铁之躯，挡住蛛丝马迹的骚扰。每一刻静谧，都是我们精忠报国的豪迈，每一刻安宁，都是我们举手敬礼的庄重。

三

鲜花盛开的和平年代，我身前身后，倒下了许多鲜活的生命。

在南疆的山坡上，在潜艇的舱室里。洪水肆虐处，地震猖獗时。

那些未曾谋面的战友兄弟，那些曾经朝夕相处的哥们弟兄。

曾经军旅三十年，我多少次以战友的身份，泣不成声。

我为一位为国捐躯的部下选过碑石。我嘱咐刻碑的师傅，把那竖排的碑文刻得深深的，仿佛每深一毫米，都可以稍稍缓解心中之痛。

三十余年，我经历了太多这样的时刻。那些匍匐的坟茔，为大地奠基了崇高。

常听人说，活着就是幸福。可我相比于他们，活着，已经近似苟且，还有时隐时现的耻辱感。

四

阳光普照，报时的钟声悠扬而舒缓，时光静美，山河安好。

但是，我们心中的嘹亮，依然是沿着膛线飞扬而出的号角，穿透晨曦和黄昏，抵达戈壁大漠、深蓝之海！

三十年，是可以称为岁月的。岁月之上，我收复了理想的高地，几经变化的军装，不断加星的肩章，是否成就了我的军旅生涯呢？

三十年，我拥有了一个出身，仅此，足矣。

（选自《大沽河》2017 年第 3 期）

飘香的朱苦拉

刘素珍

一百年算不算久，朱苦拉?

岁月悠悠，你容纳了多少天高地远，容纳了多少落日西沉?

我们中间仍隔着千万条山河啊，朱苦拉。

不知是你命里有我，还是我命里有你，一百年来，你在我心里繁衍生息。而你从不需要去开源辟地，你深深扎根在我的命里，一个动作，一个眼神，一个微笑，就是一个个传奇在酝酿。

朱苦拉村，一个远古浪漫的村庄啊，我恐惧过，我担心失去你这块阵地，失去这个人间天堂。一百年了，朱苦拉，这个顾虑还在啊，我毕生的心愿，就是溶进你的香里，溶进你最古老的咖啡香味中。

我已经糊涂了吗，朱苦拉，一百年了，我努力寻找你的方向，攀缘你的高度，朱苦拉，来路那么远，我是一个被上帝抛弃的孩子吗?那么的孤寂无助，每当走近你，朱苦拉，走进你原始质朴的香气中，我就恍惚飘升得高出一个世纪，高过一场场风花雪月，高过你头顶的那根白发。

朱苦拉啊，你深陷大山深处，深陷崇山峻岭，纵使到达你要经历九十九道弯，八十八道坎，也挡不住一个“朱苦拉”时代的来临。朱苦拉，你这命里囤积的火，你这与世隔绝的沧桑之火，穿越百年，穿越弯弯曲曲的山路，穿越自然而然的法则，穿越人间的人老珠黄，你在衰老中早已学会心无旁骛。

守望啊，朱苦拉!

朱苦拉，你不代表生活的全部，不是生命的全部，我一天一天衰老的模样还无法离开本末倒置的梦想。我向上苍做出回应，朱苦拉，我的言语和我的心脏一样孱弱得可怕，只要面对你，面对大地，我孤独寂寞，但不落寞，我坚持着把你眺望啊，朱苦拉。

阳光落在高原上，落在杯中，我把头一点点低下来，低过阳光，低进你的气味里。

能捧着你是多么奢侈的幸福啊，朱苦拉。我头颅要再低一些，和你一道成为活化石吧，朱苦拉。

朱苦拉，活化石也是我的人间和天堂！

（选自《散文诗世界》2017年第8期）

我的黑里河

刘海潮

1

风中。凌乱的瓦刀在头上舞蹈，地基深埋。

院墙，砖渣，刺痛小瓦、蓝砖、白灰逢。

高楼倚着脚手架，钢筋层层加码，只一锤，就埋葬了七岁，埋葬了故乡的最后，和最初。

风的初冬，风的老屋，水泥让我与世隔绝。

四十年前的蚂蚁坐在石滚上凝视，眼熟，似曾相识。

张了张嘴，却没有吭声。

瓦刀下去，故乡一掰两半，就在我看不见的地头，犁地，扬场，打夯，上梁。

耩地的牲口打个喷嚏，掰不开土坷垃，和土坷垃下的疼痛。

2

清澈，澄明。波光抬眼望不到边。

黑里河沿年轮向东，再向东，一头扎进平原深处，顺着时空生根，发芽，拔节。

倒影在地心萌动，又一轮太阳在河流源头光焰万丈。

灼疼的土地熊熊燃烧，花生，大豆，红薯，高粱在天空呼喊，玉蜀黍秸秆硕大粗壮。

每走一步，硬梆梆的生命呼呼叫勃起。

庄稼饱满，泥土潮湿，墒情一路芬芳！

3

歪脖子槐树茁壮，槐花绽放；

马蜂窝和老屋一起倾斜，向东南方向；

苇芭裹住椽子，檩条；榆木大梁呐喊着，甩开膀子，寒冬在外流连，彷徨。

从锅台到锅台，气力顿长，童年用浓烟打磨得叮叮当当。

红薯片上，平原缓缓长大；

家，沿着泡桐叶子四周踟蹰。厚薄，都是陶罐里腌制的盐粒。

向上，透明的苦难装满书包，补丁和补丁手手相扣；

向下，老母猪拱翻瓦盆子，哼哼一声，猪娃一下子撑开整个春天。

4

黑里河上空，飞翔的馍篮子此刻安宁。

一根绳子系紧眼巴巴的目光，和目光。

腊月，冒着腾腾热气，劈柴在期待中化为灰烬。

一些静默的神明，模糊的事物，都在锅台边和解，聊天；

瞬间覆盖村庄，淹没唢呐。

黑暗中，掌灯的人，折一枝柳条，拨亮灯花，

冷却的铁，在头门外，明亮，闪烁沉默的光。

5

等待与挣扎，七年，破土，蜕变，脱壳。

春天以河流的速度爬行。七年，或者七天，或者更短；

感动一辈子的，不单单是一缕阳光。

麦苗返青。

从炙热到寒冷，水洗的光阴薄如蝉鸣。

河中的石头，淤泥，水草，一步一回首。

一步跨过，浣衣的棒槌掷地有声。

黑里河两岸，暮色苍茫；

左手，梨花盛开，果实丰腴，官道扯着马车直到天上；
右手，胶泥、白灰、小米汤，咸丰故道黄沙飞扬。
豁口处，打着盹的黄河大堤，茂盛着村庄，和牛羊。

（选自《绿风》2017 年第 1 期）

蛐蛐呓语（外二章）

米　戛（哈尼族）

一只蛐蛐穿出土洞。它也想看看地上宁静的村庄与世界？

醒来。临窗望去，月光在水面上撒满了银珠粒。棕榈下还有幽会的情侣，窃窃的私语。树上还有夜莺的鸣叫，漆黑的鸟巢和叶子上幽幽的反光……

星星之上，外星人聚会，盛大的宴席……

喧嚣原本就在寂静之下。不是么？我想我一定去过那里了，但梦已不再。我梦见自己就是一只蛐蛐，被月光和未知的世界引诱。

一曲巴乌

哀牢山的黄昏，总是有些无法说清。就如同沉入暮色中的你。

朱唇畔的巴乌，召唤来了蘑菇房的温度。古老的田埂上，飘着新鲜的身影。

我尝试托起一滴水的柔软。而佛前的那次心动，却犹疑在我之外。

捉泥鳅

在布满爱情的田野上，有人打着电筒，有人提着汽灯，有人点着火把，走在田埂上准备捉泥鳅。阿哩，犹如你缎子般黑的夜，有歌声唱起。

阿哩，漆黑的夜，看不清你的容颜。不知道是哪棵桃花的芬芳传来的幽香，点燃了思念。

最美的人，眼睛都没有见过。

阿哩的歌，总是让心弦打颤。

（选自《星星·散文诗》2017 年第 11 期）

在大青沟（外一章）

安 琪

在大青沟遇见水曲柳，它不像一棵树而像一捆生锈的绳子

在大青沟遇见黄菠萝，它有深深的眼睛，这眼睛阴湿而没有眼睑

在大青沟遇见紫椴，紫椴与紫椴之间巨大的蛛网静静等待世界自投

在大青沟遇见白皮柳，蒙古格格塔娜说它的树皮可以食用，我小声询问这得腌制吧

在大青沟遇见黄榆，老榆树老榆树你是愿意在此枯死，还是随我到京城当一把椅子

在大青沟遇见金银花，它们啪嗒啪嗒迎着风张开翅膀，每一朵花心都住着一个小魂

在大青沟遇见北五味子，它要我说出哪五味，我答金木水火土，它回我以大拇指

在大青沟遇见东北天南星，此星非彼星，此星为草本植物，叶片呈鸟趾状全裂，可入药

在大青沟遇见桃叶卫，亲爱的别来无恙，槛内人来此拜会槛外人，很快复要回归红尘……

奈曼怪柳林

我喜欢异族特色的地名。譬如奈曼。

它让我想到一个少女婀娜的腰肢，和她深邃含情的眼神。她披覆着红纱巾的脸孔在正午太阳的光照下散发出迷人的烈焰。连我这

样对美比较麻木的女生，也会有一刻的心动。

当我们踏着干燥的泥土路来到奈曼，我生命的词汇表里又增加了一个鲜嫩的名字：奈曼。我必须把它记录下来，这词汇才真正属于我。否则，我拿什么证明我曾来过此地，来过奈曼？

我们此行是冲着怪柳林来的。

或者说，我们此行是冲着“怪”字而来的。

倘无此“怪”，我们不会在长途大巴上铆足了劲一气坐上三个小时而不觉得累。我们的胃口已被吊足，我们心灵的想象力已充分展开。

怪柳怪柳，究竟怎样一个“怪”字了得？

汽车在狭窄的乡间泥土路上停下，胸中藏笔的人鱼贯走出车厢。顶着正午太阳的烈焰他们朝前走着，怪柳在前，神秘在前。

看见了看见了，那群漆黑面孔的树挺立着枝干，并无一丝绿叶依附在它们身上，它们，就这样光秃着身子，剪影般立在天地之间。

像惊叹号，又像问号，这独特的姿势是它们用自己独特的方式发声，听得懂不容易，但总归要听出一些什么，譬如此刻，当我用文字回忆它们，我就是在回忆那一刻，我对它们的聆听。

看见了看见了，那群即使躺倒在地也依然保持坚硬骨头的树，依然没有一丝绿叶依附其身，它们，就这样光秃着身子，以令人惊心的线条在大地上写下四个字：我还活着。

是的，我还活着！这是我在奈曼怪柳林听见的最为响亮的四个字。近百年的风霜刀剑，近百年的人为砍伐，我们，献出了我们能献出的。喂牛羊以树叶，喂火焰以枝干，喂狂风以相互挽手的不屈。我们，献出了我们能献出的。

现在我们貌似死了，但我们并未朽去。我们依然在这里，在我们深爱的奈曼，提供你们，我们活过的证据。

我们因此不死！

（选自《科尔沁文艺》2017 年卷）

人　物（三章）

许　淇

编草鞋换米的哲人——庄周

庄周住在逼仄的土巷一间歪斜的临街小屋里。

庄周落满灰尘草屑的蓬发是黄的，细长的脖颈是黑瘦的，穿着的袍子是打了补丁的。

他编草鞋。他手不笨，编得又快又好。

他可以讲学，述而不作。

“惟道集虚，虚者，心斋也。”

道不能当饭吃。草鞋能换米。草鞋是要编的。越编越多，滞销产品堆积了一屋子。弟子不少，采取包销的办法吧！每人一百，一律打七折。别怠慢了“道”。

“卖草鞋喽！”满街叫喊。“道”也可进入市场，所得，除了米，还买了几尾鱼。

久矣不尝鱼鲜了，老庄直流涎水，回去烹煎佐酒吧！

可偏偏碰到老朋友——做梁国宰相的惠施。

好威风！滚雷般三百匹马，一百辆车子，轰轰的，把庄周挤到街沿边儿去了。

委实多余，一切都是空的。鱼呀，我占有你们干什么？我吃了你们，我又当谁的牺牲？还是放你们回归江河吧！

这样的庄周营养不良还不得死得快么？

生前草鞋推销不出去，死后搞点赞助排场排场，弟子们为此讨论得很热烈。

病危的庄周说：“天与地就是我的棺椁；太阳与月亮是我墓的

连璧；珠玑星辰缀在我坟地上空；万物都是我的殉葬品，要你们瞎掺和什么？”

一弟子答：“扔在野地里怕乌鸦和鹞子啄吃你呀！”

“唉，傻瓜！”

“天葬让飞禽鸟兽吃，土葬呢，让蝼蛄蚂蚁吃。你们为何偏心眼？一定从乌鸦鹞鹰嘴里夺下送给蝼蛄蚂蚁吃呢？”

说完，庄周就断气了。

市墟已远。广场空寂。雨后路旁的积水倒映着忧郁和迤逦的矮墙。

重逢歌手李龟年——杜 甫

到了晚年，又老又贫又病。在湘江边的长沙城里，忽而遇到故人李龟年。

是我们的歌手么？想不到落花时节又逢君。听了你的歌我掩面而泣，当哭，哭我们逝去的盛年。

且典当了我的百衲布衣，上酒楼痛饮一樽。

还记得岐王宅第、崔涤厅堂么？还记得公孙大娘的“剑器浑脱”么？女子戎装舞剑器，裸身跳浑脱，柔媚和雄浑交织，宝剑如雷电光歇，神技若羿射九日。你的歌同样伟大，唱得云停风止，群鸟也不再啁啾。快为我击节唱一曲吧！可惜我耳聋重听，大声，更大声些！唱“红豆生南国”，看，正是江南好风景。

你老了，我也老了，都不胜酒力矣！旧日长安，今朝湘江，关塞萧条，行路弥艰。最让人怀念的是浣花溪畔的成都草堂，茅屋为秋风所破，只剩一地的星光；而今万事已黄发，老来闲身，且随沙鸥浮沉天地……

你问我以什么为生？我既不能歌，又不会书画，卖唱鬻字无门，我只得在渔市设摊卖药。我这药可是货真价实决不掺假！如今我患疾病舟泊于洞庭，缘岸而居，何时你来舍间，观岸边桃花灼灼，佐我兄弟酒兴。

朋友，今日相逢明朝飞蓬远去西东。你说也许客死羁旅，声带迸裂；也许荒郊野坟，为孤鬼一叹！我祝愿你歌筵重开、声名再振。来吧！且将杯中酒干了，我的绝代歌人李龟年！

四月的一个夜晚，长沙城兵刃血灾。杜甫又要携家逃难。到秋冬，萧森木叶作辞枝哀赋。杜甫于舟窗中见参星出现在冬月的南天，阴霾的水乡传来祭鬼的鼓，为葬在岸边的早夭的女儿，还是引渡奄奄一息的诗人的幽魂？

如此月情，像邂逅一位生死契阔的老友，温暖着周遭尚未冷却的黄沙。

胡笳吹出萧关月——岑　参

“边草无穷日暮”。

日暮，只有日暮时，草原才显得格外的苍莽。

而那匹无所适从的马，如独行侠，在夕照中长嘶，仿佛不知往何处去才是寄身的天地。

岑参两次出塞安西河西，走得很远，很远。先是送别颜真卿到陇右，京都的胡笳就已吹奏出萧关的月、河西的秋。当他日后亲历了宁夏的固原、青海的乐都，驱马入边城，荆榛围绕着堞墙滋蔓着忧愁。

不知他途经斛律金唱的敕勒川否？不知他亲见猎火照彻的狼山否？不知他过蒸沙烁石的大碛时骑了骆驼否？额济纳居延海的野鹤，曾闻其唳呖否？如弓的黄河如弦的长城将诗人架在箭上否？

丝绸之路多险阻，昆仑山下伐战鼓。大宛的汗血马悲鸣在楼兰。髑髅台畔的暮角向晚吹……蒲昌海，罗布泊，白沙莽苍苍，千年仍大荒。行客儿上马捉不住鞭，折杨柳驱入历史的深渊。

那一年春天，岑参跟着高仙芝从新疆调任甘肃到了武威，这是王之焕的凉州，王昌龄的凉州，旗亭里歌女依然唱不尽哀哀凉州词，戍楼上谁人吹笛声闻“七里十万家”？

难道不比在长安受窝囊气强？这里停止征战便歌舞升平，没有四方的红墙阻挡，自由如同远翔云低的小鸟。岑参不必勉强发出豪言壮语，赞将士兵卒如何地为国捐躯；也不必肠断梦懒，望尽雁归路。且夜夜中酒客舍花门楼，听当垆的老人歌秦腔高调，琴弦子拨走在低音上。

有时突厥小王忽来，命燃炬烛重开筵，一昆仑奴为客斟酒，一奚人随侍左右。小王飒爽豪迈，笑声雷轰，使满座皆惊。他旁若无人，倒率直得可爱。接着，羌笛觱篥胡琴琵琶齐奏，胡姬跳起了北旋舞，双乳抖动，裙裾撒开，如花朵绽放在红氍毹；媚眼儿亦飞旋，使诗人醉倒筵前。

醉后登楼头欲白。岑参不禁微吟高适的一首七绝。《梅花落》是一支古曲。风吹一夜满关山的非为梅花也，而是千树万树的梨花——那扑面而来的最后一场春雪！

窗外夜雨，看不见，触不着，像盲者只听见自己的手杖在人生的道途，在光明的边沿，敲着跫音。

（选自《山东文学》2017年第1期下半月刊）

木雕的阿鹏（外一章）

许文舟

他粗糙的指尖，雕出风冠，凿子淬火，粘上了神龙。

他雕杨柳，高举轻放的斧头下，春风溃散。他给大户的门楣，雕上金锁，防范月黑风高；再把民间的窗子，雕成和风进出的廊道。

一棵树，可以吃透他所有的想法，他也在想，如何吃透一棵树锦年与岁华。年轻时，梦被他做成浮雕，晚年，怀念被他镂为乡愁。

他把命运雕得五痨七伤，把一生雕得七零八落。指绕庙宇祠堂，恨铁就能成钢；不锈钢工具，其实比狼毫还软。

有些作品，嵌进山的筋骨，镂空还是实线，都绕不开善良。有些作品，他嫁接喜鹊与梅花，再实的运笔，少不了中国山水的空灵与含蓄。

他把吉祥雕进斗拱和门楣，再把如意镂上龙头与茶几。他让豪宅八仙过海，也让寒门风过留香。拿捏着钢的七寸，让木头定型出世间最美的样式。每一件作品，都有他的失眠与梦想。

每年他都要远出，不管离家多远，就是乡愁最长的一根血管。

鸿雁带书

弦，其实是一条茶马古道的改装。忽高忽低的音域，就是马哥头们的上坡下坎。

弦，是世界上最细的河流，始终在人世的暗面奔流。而心，则是干涸的河床，不让它葱茏，就只有荒芜。

宁可饱受贫穷的耳鬓厮磨，也不要驮金驮银的奔波。疼痛的水，摇身一变成盐。盐的原罪，得用男人一生去赎买，盐香，让女人陷入煎熬，“庄稼躲进杂草”。

一根弦，在称思念的重量。床冷着半张，碗闲着一个。日子被马踏得支离破碎，井盐让生活越来越咸。

弦，颤栗的夜晚，更有赶马鸟，荒谬的自言自语。咳嗽不已的小溪，始终没说出一个人的下落。

三根弦，分明哽咽着，似是有话，有不尽的酸楚。

那些话，从弦上滑落，实际是问信，在五更，被寂寞轻拨。

茶马古道，就是一根扎在女人心上的针。嫁给赶马的人，生活都只会有弦一样的节拍折腾。

（选自《剑川时讯》2017 年 7 月 28-8 月 4 日副刊）

喊　魂

许泽夫

村里唯一的村医踏破木门槛之后。

马龙山上所有的草药都煎着喝熬着喝煮着喝之后。

我依然高烧不止，昏迷不醒。

母亲不得不信了二姑奶奶的话：喊魂，趁着魂还没走得太远。

母亲决定把我的魂喊回来。

喊魂是要一呼一应的。父亲在大山深处的窑厂，姐姐在百里之外的寄宿学校，而我，躺在床上胡话连篇。

村里人躲得远远的，他们不愿意，生怕一应之间，我的魂回来了，自己的魂被喊走了。

半大的牛犊，还没有穿鼻钩，就像穿着开裆裤的男娃，跟着母亲来到村外。

母亲怜爱地望着它，只有它了，我的小生命悬于它了。它像明白母亲的心事，舔了舔母亲满是冻疮的手，算是应了。

母亲凄然地喊一声我的乳名。它欢快“哞”了一声。母亲又喊一声我的乳名。它又欢快地“哞”了一声……

少年不识愁滋味。它以为这是一场游戏，平时常和我做的那种。

一呼一应。一喊一答。从上半夜喊到下半夜……

我迷迷糊糊听到一阵阵天籁，从噩梦中醒来，套上父亲笨重的大头鞋，跌跌撞撞到了村头。

母亲见了，抱着我喜极而泣：我的魂被她喊回来了！

牛犊也来分享，它长着稚嫩双角的头颅直往母亲怀里拱。

母亲腾出一只手，紧紧抱住了另一个半大的儿子……

（选自《散文诗世界》2017 年第 11 期）

新安山水（外一章）

阮文生

徽州的云烟，密集又细碎了多少绵和与猛烈。李白醉过。一夜酣睡，醒来的江流更加滔滔不绝。昱岭关边的听觉，统统东去了，矮了高了，连带无边的林莽和星落的村庄。

密实的感受，从山涧披挂，小花不断盛开，天机或红或绿或白或黄，我们由此认识鲜艳。石级半坡裸露的肋骨颜面，令人惊骇！铁血在松针里对准锋芒。碎了的光阴，在冰雪里飘飘洒洒，养育的黑白，区分了阴阳、虚实了人间！深刻的界线，浅薄了文字。炊烟与天空和解了，墨意悬空了时空和书写。浅蓝、蔚蓝、深蓝，都是蓝。

佛光星空，高贵了大山的节律。如今，神的芒杖已经普遍。崖壁上的站立，被惊险梳理了一遍又一遍。凭空吟诵高风亮节，踩弯了路线和选择，那些车马那些纸页那些丘壑，饱尝大起大落，积蓄万语千言。一只鹰在云空里表达，用钉子一样的坚定，用缓缓的旋转和淡淡的麻灰，担当起寰宇的底色。

新安山水，热望诗歌的想象和穿越。祠堂里的烟火，冰凉了小巷石板。马头墙下的张望，慌乱了心跳！正在向着玉质的蜷曲里晕眩的，是滩头的白菜。千丝万缕的纠结，不仅仅是根须上下的情怀。所有的歌者，请鸟鸣般将林中的寂静迸发，月亮一样将夜的味道满上吧！要做得和雷电一样，把天空里深藏的断枝，码放得明亮些。

就像六谷尖一样，从高大深暗的图画，哗地拉出一条大江！

鸟翅

翻动云朵和天空，见到闪闪的星星，睫毛合起来。云空和光亮保存到心里去，从梦里露点笑，轻浅的，点滴的，都能照亮黑夜。信心和水花，一点点地铺排连接，和美具体了。

我说的是鸟翅，像那些好动的手指，从右到左从上到下从东到西。多少虚无和玄妙给确定，思路在云霭里迷失却又找回来。清风源源不断，带来了爽净和寒凉，也可能什么都没带来。不期待什么是一惯的，还是认识了界限，比如黄昏和清晨，空阔和窄小，持久和短暂。中间的部分，真的妙不可言，羽毛和想象难以承载。

用的是淡墨啊，一个瞬间容忍下来，一个场面就阔大了，那些风云就是从紧密里区分开来的。后来的时光非常流畅，可是汹涌的响声总是被沉寂消解或者说打败。梳理起高远的看法，不少艰难起伏，离不了鸣叫、祈祷和辨别。

（选自 2017 年 4 月 14 日《安徽日报》）

我爱着这早春的荒芜（外一章）

如　风

如果一定要说说春天，就让我说说春风。

早春，边塞的风咋暖还寒，伊犁河还未从漫长的冬眠中苏醒。而江南，已是梨花谢了桃花开。

一场大雾弥漫伊犁河北岸，英塔木天鹅湖的野天鹅，轻轻泛起春的涟漪。这时候，你就在我近旁，眼里溢满春天。

是的，我要说的，是这早春的荒芜。

积雪融化。大地裸裎出初始的面目。而春风，总是先绿江南岸。

在西北，一年得有长达半年的萧瑟，对此，我欣然接受。

我爱着这早春的荒芜，就像爱着四季分明的故乡，爱着隐藏在几根白发里的陈年，爱着越来越清澈的余生。

还有多少旧时光，可以挽留

马灯、搓衣板、毡筒、爬犁子、架子车、土火墙、土炕……

还有多少老物件能唤起我们对老时光的回忆，还有多少老时光，可以挽留。

地窝子里，其实陈列的不是军垦文物，是踉踉跄跄的老时光。

那些走远又回来的老时光低眉顺眼的姿态，多么像白杨林后被四季掏空了的大地。

是啊，只有眼前的大地和大地之上一茬茬的庄稼明白这人间的悲欢。

曾经住在地窝子里的年轻人，也是有过激情燃烧的岁月的。如今，或许就是那个倚在树下纳凉的他，或者轮椅上风烛残年的她。

沙枣花还在一年一年地开着，麻雀依然在连队飞来飞去。

可是，时光，渐渐渐渐老去。

（选自《伊犁河》2017 年第 3 期）

被小南风放牧的民谣（外一章）

麦　子

一缕小南风轻易撬动了春天的嘴唇，石头松动，种子发芽，草坡上，谁的旌旗猎猎？

山野陷入持久的空旷，蜿蜒的道路正牵引着迷途的花朵，驿路的蝴蝶纷纭。

民谣从村庄的深处醒来，人间的草木暂时停止了摆动。

黄昏时分，一条道路抵达另一条道路。

雨水中的麦子

柴草在旷野上燃烧，河床干裂。

大地上到处布满饥渴的嘴唇。

一场接一场的雨水，带着满身的电火，发出野性的冲击。

那些漫山遍野的满眼的绿啊，把一株麦子逼到了命运的边缘。

雨后的山坡，一株湿漉漉的麦子，浆汁饱满，通体透明。

在天空下举起金灿灿的麦芒。

（选自《上海诗人》2017 年第 5 期）

在时代的后院（三章）

苍　耳

原初之地

海子的村庄，贫穷的村庄。海子的骨灰回到出生地等待安葬。在所有的纪念和谈论之外，小小的厝房孤独又孤独，一声不响。海子海子，我看见你诗中那青森森的麦地，正芦席般披挂在查家湾的松枝之上！

这就是我们逃往城市后遗弃的地方。一个穷村庄收留了一个穷诗人的骨灰。海子海子，你目光炯炯，深含着高原和古书中的盐。咸味的人间哪，月落瓦响的村庄！风吹不散的是母亲倚门而望的眼神。一个农妇的悲伤，像养育你的生命那样守护你的死亡。

小小的死亡厝在这儿。九个年头的清明像麦枷一齐打在地上！

低暗。潮湿。蟋蟀在叫。一捆捆发霉的书横躺在朝南的角落。那是另一垄麦地。那是我们逃往奢华后遗弃的地方。

谁能俯身细数那小小的骨头的光？

小号吹奏者

灰濛濛的长着杂草的瓦脊尽头。你握紧那块铜，如同从昏暗里摘下带红须的玉米棒。除了那个捡垃圾者和街角酒吧的灯，什么也看不见。

混沌的、喧嚣的、尘土飞扬的世界，次第向这块铜聚拢而来。央视播音员的正宗口音和录相厅里爆豆般的枪声，在号音波及之处沉积如沙……

一抹幽亮在拆着这座旧阁楼。老瓦被翻开了，昏暗中的游栖之物朝向星空涌起旋律，那缓缓上升的回忆和灰椋鸟，竟使遥远的胡杨林中的某一株溢出树脂。

瓦脊剥露成一副大鲨的骨架。嘈嘈切切声从青铜时代聚拢而来……一种灵感的亮光再度昏暗，玉米籽尽数撒下，如月芽萌生于水中。那块铜握紧你，如同幽暗的大地握紧你的胞衣和墓碑。

它是否抓住了1976年的雨滴?

一只手掌被烙在青砖上，孤零零的，在南墙上将火焰封闭在它的内部。1976年的灰烬被它抚摸，扬起。这泥巴的叶子会不会随屋檐下的黄玉米一起摇晃?

这砖的后面肯定有另一个人，紧抿嘴唇，抵挡不住快要滚下的怪石。黑暗中的窑火，一只手在舞蹈，在变硬。这砂土的骨头迎风张开，旋转，劈空而止。它是否抓住了1976年的雨滴?

这只手的独语，在星夜被丘陵的巴茅草听见，然后被虫子吟诵。如果它抓住了幻想和风，一定会重新回到水边。通过庄稼和萤火，它同梦中的另一只手相互温暖。一只铁灰，一只白皙（邻家的女孩，你还在采摘陶轮附近的山茶花么？）只一会儿，这只独掌猛地抽回来，孤零零的，比一柄断锄陷得更深。

虚无的南墙上，如今只剩下这只手在倾听，倾听岁月波动着的星星、水烛和死亡……

（选自2017年第4期《蓝鲨》诗刊）

月夜归家

苏启平

月亮翻个身，又是另一天，凌晨的时间变得冰凉，

风宛如醍醐，清醒逐渐发热的头顶。路在脚下，纵横交错，总有一条通向自己的庭院。心如飞驰的车辆，家才是最终的归宿。

端坐在狭窄的驾驶室，思绪却偏离了道路。是否宽敞的公路成了月亮移动的轨迹，不小心把车开进了遥远的月。在广寒宫前停驻，生怕车的震动惊醒嫦娥的美梦。月亮是否也有自己的影子，可以和我一起饮酒高歌。

深夜的寒气把温暖无情堵截，只剩下消瘦的路灯，将黎明独守。

那刻，想象泛滥成灾。瞬间化作锋利的剪刀，裁开了满天的乌云。

那里，定是天上的街市，一定也有着灯红酒绿的喧嚣。一颗流星，是谁家遗落的灯笼，里面还亮堂着家人的担忧。

斑驳的树影打开天使的翅膀，何时靠近家的窗台。女儿红通通的脸蛋，恰似一棵甜美的睡莲，露出充满希冀的微笑。

树影忘记了黑暗，做了我心灵伟岸的士兵。归家的心情，和月亮一样优雅。

（选自香港《橄榄叶》2017 年诗报 12—13 期）

河流与种族

苏建平

我们总是在想象中以黄河、长江来称呼这块吹着海风与西伯利亚冷风的大陆。这不可避免地说出了这样的意思：我们最初的茅庐搭在两条河边，并围起篝火，传递瓦罐。我们的大陆有其他角落所缺乏的树木、飞鸟以及由这些构成的舞蹈，每一个古代先人都是其中一个灵魂，一堆火。这些火以平和的方式（如故宫）流向其他河流，并在不同方向蔓延开去。于是很多尚未被命名的，需要指指点点的河流被纳入了版图。当太阳在空中散光，河流东入大海时，一个庞大的种族破壳而出了；而且，一些圣者导师在某一时刻被人永远记住，并塑成雕像，竖在种满花木庄稼的大地花园里。从口口相传的伟大传说里，她像四季那样转动，半坡、敦煌、兵马俑是其中最晶莹的碎片，撒在她深深的衣饰里。

那些在时间中离开我们的导师是真正赋予河流以意义的人。他们留下语言，汹涌着宝藏般丰富的、无穷激越的思想；当我们打开这些语言并触摸它们时，导师就成为一条河流，他站立的方向预示了他是一支种族。那些碎片遍布我们的大陆，在河流的存在中熠熠闪光。这无穷无尽的河流都流向同一个地方，向同一个宫殿交汇、聚合。导师们是一条条河流，而一条河流，不仅仅是一条河流，他是一支永恒的种族。我们站在水边，呼唤他们的名字："孔子……司马迁……杜甫……曹雪芹……鲁迅……"他们的出生，他们的哭声，给种族无数的面孔带来了荣耀与高尚的花环。他们用舌苔，用手势，用沉默启示……他们以一支种族启示世界。

从昨天起，他们……成了一条条河流。

"一条河流，不仅仅是一条河流……"

他们以一支种族启示世界。这就是眼睛中的财富，刻在古代瓦罐的陶纹画上，流传至今，在种族的天平上，这是最重的一部分。

（选自《星星·散文诗》2017 年第 3 期）

日头从阿米唐钦升起

杜 娟

那一束光，顺着地平线返回，比想象中的来得突然，把生长的手臂从阿米唐钦山顶舒展过来，光明如散开的液体，被饥渴的黑夜一一分解。

光推动了光，淌过天空、山岗、森林，留下温和的脚印，夜晚被打翻，洒落一地，像安静的暮年。

一会儿，太阳如同浮动的一只橘子，喘息着，被阿米唐钦捧起，好比捧着长久的誓言，为了兑现一个事实，把太阳慢慢地举过了头顶。

草儿隐秘地活着，总是逆来顺受惯了，它顾不得黑夜白天，顾不得冷酷炎热，首先需要的是保护好自己的身体以及留下来的岁月。

花事横斜，森林里的鸟儿被早晨叫醒，先是鸣叫，然后在阳光下飞翔。蝴蝶生长，牛羊繁殖，一缕桑烟升起，隆达在蓝天下盘旋，太阳越来越具体，像一面正义的镜子。

事物都明朗起来，开始了劳作和生活。

★“阿米唐钦”：甘肃甘南州合作市境内的一座山峰，是当地群众插箭、煨桑的神山。

（选自《羚城文艺》2017 年第 1 期）

在故乡

李　东

在故乡，我的富有无以为计。

白天拥有万里长天，夜晚拥有浩瀚星空。在故乡，我便拥有了朝阳、云朵、霞光、彩虹、流星，以及雨水、闪电、雷鸣。

连绵群山尽收眼底，山便是我的了，连同山林里竞相争高的树木、攀援而上的藤蔓，以及丛生的荆棘、无名的花朵。

河流波动着蓝天和山影，水便是我的了，连同水流中欢游的鱼群、藏匿的河虾，以及招摇的水草、沉默的石头。

鸟鸣从远方婉转而来，鸟鸣是我的，远方也是我的；蛙声从黑夜里传来，蛙声是我的，黑夜也是我的。

膨胀的内心，早已无法安心做一株庄稼，不甘只守护一小片土地的愿望。在故乡，我所拥有的，就是完整的想象。

（选自《星星·散文诗》2017 年第 8 期）

怀　想（三章）

李　成

手

当年，在北京的大学校园里有个私人聚会。有人问几个写诗的朋友，能否随意给个题目，就能道来一首诗歌。接着有人便出了一个题目：手。我们都在凝思之中，一个漂泊的少年稍作停顿，就向着大家吟咏出这样一首“绝句”：

“握起来，是一只拳头，

松开来，就能飞翔！”

这首短诗，寥寥两行，但形象生动；无论是否为其旧作抑或是他人作品，在当时情境下，我都认为其不失为捷才；我至今还记得他那轻轻挥动的手和他眼里闪动着的光芒。

我们又交往了一两次，之后他就杳无音讯了。

其实他就是一只小鸟，像他所咏的一只手掌或拳头大小的小鸟，在如海的京城里，扑弄着翅膀，到处寻找一枝栖，可以暂时停留他四处漂泊的脚步，让他放飞诗的翅膀。可是世事如潮，常常动荡不安……

这么多年过去了，再也没有了他一点音讯。或许他在和我们见面不久后，就又漂泊到了异乡。这么多年，不知他是否找到了他的栖身之地，甚至是否还在人间，因为稚嫩的“天才”总容易夭折，须知世上常常风狂雨骤。

他的手还会松开来就能飞翔么？

会不会像一片树叶，被哪一阵风一吹就凋落下来？落入哪一片泥泞？

“伸开来像一片树叶

落下来已破损，残缺而枯黄……”

但是那只手，或者说那只手幻化的小鸟，却会一直在我眼前飞翔！……

夜 话

我夜宿在山间的小旅馆里。在我的周围，或者说在旅馆外面都是一匹一匹大山。换句话说，群山如海，我栖息的小旅馆不过是大海中的一块浮木而已。

是那么岑寂无绪。我倚在床头，独对孤灯，颇后悔有这一次山地之旅了。

我朦胧中睡去，我睡得很朦胧。忽然，我在枕头边上听见叩门声，又似乎是轻轻走近的脚步声：

叮咚，叮咚，叮咚——

谁——我问。然后，我又睡去，却仍然听见：

叮咚，叮咚，叮咚——

我眼睛也没睁开，再一次问：你是谁——

这回我似乎听到了回应：

——我是无名，叮咚；

我在这里千百年了，叮咚；

我每天都在白天睡去，夜间醒来；或者人们以为我这样；

我一年年守着大山，或者说大山守着我；

我也感到寂寥，或者说我已习惯；

我心里汪积着无数的话语，可是不能对人讲；

我也想到山外去，去和我同类一道在大地上追逐移动的白云、白帆；

但是或许我的使命就在这里，这里是我的家。

我一日日沉静，因沉静而澄澈，甘洌；

我的同伴被装进了城市，据说都卖了好价；

但我不羡慕它们，反为它们远离本土而悲伤；

难道我的价值必须得到别人肯定才能实现？

我更喜欢这里了，我喜欢给偶尔的行人以甘甜与清凉；

给我生命的大山也离不开我，离开我，她就会衰老、枯萎、荒凉；

我只能自娱自乐地自弹自唱；叮咚、叮咚、叮咚

给每一个人以一夜安眠……

今夜我来，只想告诉你，要记住即使在这一重重的山岭间，在最黑最深的暗处，也有生命在闪光，在歌唱……

世界上有它的辉煌，然而，也有固守自我的天然……

谁也说不清哪一个更值得……

叮咚，叮咚，叮咚……

我在朦胧中安详地进入深深的睡眠，我睡得很香。以致第二天醒来，我已忘记昨天晚上发生的一切。一声清脆的鸟鸣从空中传来，我忽然想起昨晚，我听到的许多摇篮曲似的絮谈。我遂起身寻找那跟我说话、给我以慰安的人；我在旅馆周边找了又找，却了无踪迹，就在我准备离去的时候，却看见旅馆后面的竹林里，一道山崖上，一道细细的流泉闪着光，从山崖上跌落，向着崖下的草丛流淌，并发出轻轻的声响：

叮咚，叮咚，叮咚……

（选自《伊犁河》2017 年第 6 期）

骆驼泉

黄沙茫茫，一望无际。

这是一片沙漠，这是一幅由无尽的黄沙织成的大地毯；这幅大地毯上没有一朵鲜艳的花，没有一点别的颜色，也就是说，这里没有一株绿色的植物，甚至连生命的迹象都没有。

只有沙，沙，沙，不知从哪里来的这么多沙，铺天盖地，把无

尽的苍凉与严酷晾晒在天空下。但是，奇怪的是，这里有一眼骆驼泉，就在一道沙梁的侧面，一泓泉水从沙壤里涌现，涓涓泉水汇成一池碧波，像一块玉镶嵌在这平板单调的沙漠中心。

也不知这泉水有多深，只知道它是那么清澈；清澈得像一面镜子，可以照见天上的云影与星星；深邃得像一个人的眼睛，可以穿透人的内心。

人们——到过这片沙漠的人们——说，这是骆驼泉。因为它的形状就像一匹侧卧的骆驼；也有的说，是两匹骆驼并卧。更有人说，它像骆驼的眼睛，并连在一起的骆驼眼，深邃、平静、纯净、湿润……

不管怎样，因为有了骆驼泉，这片沙漠才不是彻底的死亡之地。人们——旅行的人们只要坚持着走下去，来到骆驼泉边，补给一点这跟生命同样珍贵的泉水就可以再走上一二百里，就可以走到绿洲，走出沙漠！……真是天无绝人之路！

多么珍贵的泉水，生命的泉水！于是沙漠有了一条看不见的商旅之路，数十万平方公里的疆域有了一条生命线！

数百年来，人们从这条线上穿过，就像一枚针，因为有了这根线，再也不会失落在茫茫的沙漠中。

穿越沙漠的旅人有时就在骆驼泉边宿夜。篝火、泉水，伴随着绵长的夜话，于是，一个传奇的故事在瀚海流传：

传说在很早很早的时候，有一个探险者，他走过了很多地方，发现了一个个迷人的景点，有一天，他闯进了这片死亡沙漠。他骑着一匹骆驼，带着有限的一皮囊清水；他没有想到这茫茫沙漠是如此漫无涯际，他走啊走，头上烈日蒸晒，脚下黄沙滚烫；他的汗水都快流干了，他的皮肤都快爆裂！

他走到了沙漠中心，他实在坚持不住了；他打开皮囊，准备饮用一点水，再走下去。他在将皮囊凑上嘴唇的时候，他看见了他的那匹骆驼，他的骆驼也早已疲惫不堪，甚至嘴唇也干燥得泛白了。他的心哆嗦了一下，连忙将皮囊递到了骆驼嘴边，可是，骆驼却缓缓地把头别向一边。

探险者喝了一点水就继续往前走，他走到了现在人们歇足的地方再也走不动了；可怕的是，皮囊里再也没有一滴水。他走了几步，就倒在了沙梁上。

他努力想睁开他的眼睛，可是眼皮却沉重得不行。他只有闭上眼才觉舒服一些。他阖上眼，却看见一幅清新的图画：沙漠中涌现一片绿洲，绿洲上绿草如茵，树木苍翠，其中点缀着腥红的花朵……

当腥红的花朵凋谢时，他却醒来了。醒来后，他看见沙梁下有一泓泉水泛着粼粼波光……

泉水涌现，他的那匹骆驼却不见了踪迹，永远消失了……

（选自《散文百家》2017 年第 12 期）

李耕散文诗选

李 耕

沙 幻

三千里沙漠幻于梦。无树无草无小虫飞鸟，无水无火无孤烟之孤。无饥渴，所以无饥渴的背影。只有无雨的雷电的声音，只有干涩天空几朵枯云的形象。

三千里沙漠，

只剩下三千年前剩下的孤独的骷髅……

渴

干渴，让干渴的梦搁浅在干渴的沙漠。

逍遥的云，从晴空潇洒而过。无形的热风，从天涯正奔向海角。

裂开嘴的水壶，从嘴里呻吟：

渴，渴啊……

寻梦者

老街曲巷断桥边，漂泊的影，又瘦又饥渴。深深浅浅的脚印，无尽头的省略号。

梦的影，在何一处，

又何一时会在寻梦者的脚下……

旧 梦

曾将旧事深埋泥土。暮秋出土，并生长成树。树上，落满了旧时的小鸟。

唧唧喳喳的小鸟，唱的，全是回忆的歌。

鸟的冷静的吟唱，已听不出怨尤和牢骚，

再听，全是自己老了的旧梦……

高 度

山有山的高度，塔有塔的高度。船的高度，比波浪略高的高度，而天鹅的高度，是视云朵为平地的高度。

草有草的高度，乔木有乔木的高度。踮起脚的高度，是站立不久的高度。

踩在别人肩上的高度，不是自己的高度……

时 间

伤痕的平恤消弭，平恤消弭在渐渐平恤消弭的时刻。缅念的消失或缅念的沉湎于沉湎，淡失在渐渐渐渐的时刻。

骨的硬度需要时间的铸造，

无辜苦难需要时间了释……

秋的蓝天

雁的翅翎，不知掠痛云的肉体否？我是从风的吟哦中听见雁的飞翔与云的惊恐的。

蓝天之秋，爽丽。

爽丽的匆匆过客，爽爽丽丽的君子气度。

云痛了，也不埋怨。

雁飞过，留影于蓝天的记忆……

（选自《山东文学》2017 年第 10 期）

低处的细节（二章）

李　凌

奥斯曼草泄露的细

这些奥斯曼，她们以草的形式生长在农家花园的一角。

再以草的形式被一双，或者几双粗糙而细腻的手摘取叶片。

嫩绿的叶片被绑成一小把一小把，

然后以女性的精致呈现在同样不引人注意的角落。

在她们旁边，三五个摊点待售的苜蓿嫩芽、荠荠菜，

这些春天最早生长的野菜，接受人们的精挑细选。

而比邻而居的蓝色小院，“纳吾肉孜节”演绎着人间的温情，

她们是主角，苜蓿饺子，荠荠菜饺子。苜蓿凉菜，荠荠菜凉菜。

人们以尝鲜、歌唱、舞蹈迎接春天。

这时候，头顶的杏花粉艳，桃花含情，梨花雪白，空气中弥漫着花香，

很快，稚嫩就变得圆润而丰满。

而那些奥斯曼草，只能在更小的角落，或者作为春天的陪衬，

偶尔有人买走一把，却是新疆女性眉毛上的粮食，

奥斯曼让女性的眉毛弯弯，美目更靓。

出售奥斯曼草的小女孩叫古丽。

古丽的嘴角荡漾着一对小酒窝，

一身艾德莱斯绸长裙是她献给这个春天最好的礼物。当她接过人们

递过来的一元的小钞，就会樱桃小嘴一张，
说出一串兰花般的音符：热合买提（谢谢）！
这时候，温暖的话语和脸上的笑容一起抵达，
抵达另一个春天。

我看见，古丽的眉宇间，洋溢着一个恒久的故乡。
不远嫁他乡，在她出生的时候，
母亲就用奥斯曼草拴住了她的心。

中江的清晨

此刻，我写下清晨这个词，
是在中江。她包含着鲜花，绿叶，湿热，
包含着阴天，包含着我的妹妹，邻家的兄妹，
以及所有的我的乡人。以及空心挂面释放出的麦香。
以及一朵云撑起的巨大屋顶，在它的下面，乡音熟稔，
悄然隐去的黎明，依然如此美丽。

而我更愿意将这个清晨，当作我的童年的一个片段，
她给了我明朗，给了我清凉和清爽。
她就像我童年书籍上的一个页码，
那些闪亮的句子和时光润泽的枝叶，挂满蜂蜜。
一条叫凯江河的河，从群山峻岭中汇聚涓涓细流，
一路蜿蜒而来。两岸次第打开一条路，
一条路，引领我轻易就
回到了中江的清晨。

（选自《散文诗》2017 年 1 月上半月刊）

带着你，从鹤壁的全世界路过

李　萍

一

日落之前，在一条叫“淇水”的河流前，流星雨落得正好，让我折叠起新婚后的情书，恰当地与鹤分享幸福。

风布置的天空，我的梦沉醉得有些滑稽，分不清向西还是向东，金子一样的光泽，在闪耀。

总有一股力量，粗犷着我的星空，令我怒放，令我跋山涉水地奔赴，只为拜谒一世的苍茫。

头顶的月亮在我耳边低语，我的生命里，除了黄河，长江，还有淇水。

抿一口《诗经》酿的酒，假装是李白的遗孀，学着鹤的飞翔，优雅在雪谷的河床，抵达后，一头扎入淇水最深处，做一枚河底的石子，任凭岁月研磨，直到雪一场一场的嵌入。直到无法呼吸，看见幸福的所在。

在水一方的伊人，抵达西北高地的岸边，遇见了我，于是，挟裹着我，开始飞越。

于是，一场轰轰烈烈的爱在中原大地上演。就这样相爱，沉默开始学着写诗。

我的灵魂注定是要穿越到从前的，否则我何以在一匹战马嘶吼过的时空，黄鸟翻飞的时节遇见一切?

我文字的裙钗，在风中成一朵花。背着竹筐，采摘荇菜，心上人在远方的远方之外。

就这样，我学会了眺望。在远方。

一天一天，三千年来，我蜗居的高原之上，《诗经》的风吹个不停，令我的文字也晕染了高原红，像标签一样，贴在我所有的影子上，拉长再拉长。

我不是诗人，我只是啃咬汉字的一只白马，追着赶着，去向属于我的那条河流。

狂野，迷乱，醉醺醺酿成的文字，突然有了王的感觉。

索性成王，在淇水岸边成全自己！

二

梦，远了，近了。夜空里，生活中的那些排比句，排山倒海，一泻千里出金戈铁马的嘶鸣，风烈烈之后，横空出世的一张宣纸上，我由着自己的性子，在蒹葭苍苍里，挥毫泼墨，开始誊抄。

沉稳，安静，迎合着鹤壁的心跳，把依稀的苍凉，卷成的水墨江山，恒温出英雄的豪情。

我可是踩着大禹的足迹，从他治水的源头而至的，有大禹就够了。

周文王，汉武帝，曹操……花木兰，许穆夫人……

让我膜拜在黄河的第一湾，铺展记忆的宣纸，誊抄，凭吊。

模仿的惦记，一万次缠绵云朵的相思后，一笑而过的思念，升温再升温，成为指尖最温暖的偈语，令尘埃澄净。

一抹苍茫，无须雕琢，无须打磨，因我而生，所以温润也是我的专属。

泪湿《诗经》的页眉，我把自己完整地交给梦。一场孤独的战争袭来，我居然身披铠甲，排兵布阵，用那十四篇竹简，学着鹤壁人的口音，把我大西北的彪悍，一一打包，植入淇县的山水之间。

辽阔，无尽的辽阔里，我尽享文字的一兵一卒，装订成册出我的《鬼谷子》，拿着迁徙的绿卡，盛装而出。

默默凭吊，是我的专利，潮汐一样的冲动，反复着我的灵魂。

三

我的爱在不停地倾泻，鹤壁，一点也不恼怒，把我蛰伏的想念，统统嫁给淇水的一枚石子，温暖出一本爱的诗集。

如此，冰花又在我的心海开了一遍，颜色和形状，吻合淇水的情愫。

鹤壁，恩准我的笔尖，习惯我梦呓一样的文字，默许我留下，每一个字眼的擦肩，每一个符号的重逢，每一个段落的凝练。

那年，那月，肌肤蒸腾的呓语，竟成相册里堆砌的温暖，逐字逐句，迸发出金戈铁马的青春时光。

正午的阳光，若隐若现出渐行渐远的诗行，就是握着书圣的狼毫，就是在墨池浸泡一世，也临摹不出一行惊鸿一瞥的行书。

灵魂的疆域，驰骋千里的战马，也迎风，在正午的阳光下，安抚一粒尘埃的内心。

繁华，在黄昏里想象，复活，之后打开话匣子，描绘花儿团出的鲜艳，以及银子一样的心事。

正午的阳光，永恒文字的誓言，羸弱了多少明媚的春天，只有鹤壁的魂灵知晓。

正午的阳光，攫取我的情感，让此生豪情的微笑，把一生的约定翻版成绝唱，响在生香的字里行间。

以此守护，属于我的鹤壁！

（选自 2017 年 10 月 17 日《民族日报》）

荷花记

李俊功

一

巧手宛转。

时光在一尊银瓶之上打坐。怀抱至大。

满怀天空，大至身外。

身内火焰舔着寂寥，像莽撞的少年慢慢地敷伤。

二

权且命名为莲花寺：托举着心，默默地呵护。

最小的寺院。最大的瞩望。

我感觉已沿着目光隧道，跟进，然后容身其间，取一页一页心经，和昼夜清风，以至慢慢升腾的阳光，

一同被精粹的文字浸润。

三

天外，一滴雨水，喊醒的睡眠，瞬间顿悟的力量，没有比如此的开放更加美好的了。

铺着光，铺着路。我听到时间的脚步，秩序不乱。

而光，努力不辍，一层层剥落熙熙人群经年锈蚀的思维与肉身。

我在其中。

四

邀我进山，仿佛熟知的故乡，围炉而坐的人，持三尺惩戒，暖不冷的身心。

沿山道盘旋而下，穿越无数神秘梦境，但现实冷峻，允许风过耳——

独守山谷。

五

谁有一道栅栏，放青山于视野，闭小我于物外。

澄清莲花，若我筑城。

命运多年来的苦难指引，简单生活，所谓名利、喧嚣、倾轧、贪腐、淫欲、愚昧、混浊、逸乐、专权，铁笼虎豹，已然果断拔下上锁的钥匙。

六

它已开启另外一扇门。不见的淡香打开炼狱的一扇。

奔离泥淖，仰观到蔚蓝。

七

轻扬虚空的手臂，大过浩茫的舍弃。

一瓣一瓣。飘落！飘落！

水上的船，载着不凋的时光：他并非远离此刻，却已远离此刻伤痛心念。

八

它羞于跟从，大面积溃败给自己的人群。

它愈加抱紧站直的内心，像贯通天地的使者。

（选自《绿风》2017 年第 4 期）

母亲河

李智红

自世纪的洪荒深处迤逦而来。

岁月滔滔，浊浪滔滔，有神龙衍生于大泽。我阔嘴突额的祖先，挽强石为弓，猎射扶桑之日于悬悬天际，蔚蔚之野，喷薄的烈焰，煅烧出千古不灭的民族血脉。

渗血的乳汁，奔泻天来，喂养陶罐，青铜，以及高亢抑或悲怆的歌谣。

生命远离洞穴，古编钟的大音稀声，浇铸出一颗部族的太阳，征战的野牛，倒卧成了辽阔的黄土。高原的图腾，在蜕变的世纪中，轰然诞生。

千山一练，拧结起五千年龙文化黄金般闪烁。

母亲的歌谣，漫卷过断戟残戈，狼烟烽火；漫卷过秦砖汉瓦，唐诗宋词，在岁月的断层之上，淤积成丰厚的沃土，滋长美丽的爱情，村庄，季节，以及饱满的庄稼。

数千载泱泱浩浩，数千载汹汹荡荡。大禹的豪歌，响彻于激扬的洪峰浪谷，经久不息。腥膻的号角，起伏于荡荡黄水，浩浩长风。历史的远足，因血与火的浇灌而壮美地凝重。

一些传说老去，又一些传说衍生。生命如庄稼般疯长，并且日趋饱满，丰盈。大河的波涛，一如悬垂千年的乳房，在哺育了强悍的恐龙之后，又喂养了一代又一代腾飞的苍鹰。

（选自 2017 年 11 月 15 日中国散文诗研究中心平台）

伊犁河向西（外二章）

杨　锦

湍急的河水，沿着冰雪覆盖的河岸奔流不息。

伊犁河向西、向西，这样的流向，出乎我所有的想象。

记忆中大江大河，都是一路而歌，向着东方苍茫的大海而去。

可伊犁河却向西穿越伊犁河大桥，一路西去，流入了异域的山谷。

远方是皑皑的雪山，也许，我需要习惯这样的流向。

隔着岸上的秀美白杨，我眺望从身边日夜奔腾、川流不息的伊犁河，心中充满了向往。

西去的河水，汇聚着走向远方的澎湃。河流也便如远去的亲人，在永不返还的奔流中深情告别，让我们充满思念，牵着我们的向往……

硅化木

数亿年的戈壁岁月，在卡拉麦里的地下，你已习惯了沉默无语。

横亘已久，饱经风霜。当那一片远去的森林以及鸟儿的羽翅作为石的形象站在阳光照耀的雪地上，我的心为之震颤。

淡黄、红褐、灰黑……

那阵阵松涛？那声声鸟鸣？在漫长的年轮中化为岁月的风铃！

硅化木，究竟是木，还是石？

伫立于世人面前，是裸露的痛苦，还是重生的辉煌？每一寸的光阴需要多少的忍耐、多少的等待、泪水的凝结……

也许，它宁愿静静地深藏在地下……

茶马古道

跨入大理古街古驿站门口，就如跨越一道历史的门槛。

门前摇曳的风铃，依稀绵延着当年马帮悠悠的铃声；屋檐上生生不息的野草，诉说着岁月的枯荣。俯身院落一口清澈的水井，依稀看见波光粼粼的井水，仿佛侧映出马帮起伏的身影……

马蹄声声，敲打千年古道，穿越雪山，穿越草地，穿越青砖汉瓦时光的隧道，穿越唐诗宋词的字里行间……

马蹄声声，曾经繁华的街巷市井，谁知那清冷的月光，宁静地照耀着孤独的归程。

心存一份思念，多少悲壮的故事消失在激昂的鼓面。茶香绵延万里征程，丝绸铺就一幅多彩的长卷。

队队马帮，穿越崖壁的缝隙，在故土与异域的客栈上行走。

茶马古道，茶韵悠悠。百年低吟着一首古老的歌谣，如诗如画，如歌如诉。

一个民族的历史，就这样在马背上驮过大地的苍茫，岁月的沧桑……

（选自《星星诗刊》2017 年第 10 期）

赠答诗友（三章）

杨志学

打牌的体验

开始时，我也不免疑惑：这些散淡老人的打牌，竟然也像我写诗那样专注？而当我上手体验后，心里方一下子豁然而通：写诗，不也常常就像打牌吗——少不了激情，少不了洒脱，少不了从容！

这样来看人生，有时候，难免会觉得有些无聊、平庸；但转瞬之间想到，当人沉醉于一项充实而有意义的事情之中，常常会忘记了孤独，忘却了烦恼，一时间超然乎世外，也该是多么快乐，而且无穷……

左岸就是杨庭安

如果你不知道左岸，你可能会知道杨庭安；如果你不认识杨庭安，我想你或许认识左岸。

其实，左岸就是杨庭安，是我的本家老哥。他身在大连，而心怀天下；看上去慈眉善目，实际上是诗歌界的一条硬汉。

从左岸回望杨庭安，一路风景频换，闪现他青春的激情、狂放与浪漫。

从杨庭安到左岸，褪去了杏的青涩，沧桑中回望，似瞥见橘的金黄，和秋果满园……

致新加坡华侨女诗人舒然

你来自遥远的岛国，一个国名和首都名重合一致的国家。你来到我身边，给我带来了比南海更远的想象，也带来了赤道的热流、印度洋的风和马六甲海峡的神秘。

先于你的身体而到达的，是你的诗歌——这亲密的信使，它带来了你的真情和美丽，让我们分享——

一种豪情与柔情交织的节奏；

一种古典与现代融合的风韵；

一个诗人眼里的世界；

一个女人足迹的辽远，和内心的开阔。

在你词语的林子里，似乎闪过席慕蓉的身影，又好像有仓央嘉措的姿态。还有，你的名字舒然，让我想到舒婷——你的诗人本家。其实，你就是你自己。你像许多诗人那样，发出了自己的声音，写出了自己的精彩。

我发现，你最深的秘密，也许就在你的诗歌里隐藏；而你心灵的窗户和无限的追寻，也在你优雅而无遮拦的叙述中，慢慢地，向人们一点一点地打开。

（选自 2017 年 7 月 4 日“一代宗诗”微信公众号）

空　门

杨启刚

晶莹的目光定格于东篱之下。我们相视，默默地。无语。静如禅。

这对视有大悲苦，恰似我数遍五百阿罗，不知谁是你，谁是我。

弹筝的手指开始闪烁。是楚竹的萧萧，汉鹤的韵雅。自从我把漂泊的岁月别在你飘飘的黑发上，我就想不再流浪，不再做孤寂行吟的歌者。

佛说，何处此身容入座，与君相见有前缘。若焚化我们的身心，会烧出情感的舍利子吗？抑或只是灰烬？撒亦可，埋亦可。

夕阳在上。当我回首再望，幽怨已遥，雄心已罢。要与你再对视，但你回头，回头无岸。我们都还没有获得至善至美的安详之态。

那好，你带发修行吧。

我会在有你打坐的禅房里，为你燃一炷袅袅的紫檀香。

那迢遥的古寺里，青钟已把佛音幽幽远扬。

我曾说，要走遍你心的万水千山，但没有万语千言。佛说：要知去世因，今生受者是。要知来世界，今生做者是。

然而，你不知道何处是迎灯火的归程，何处是系缆的崖岸。

其实，你何必燃起心灯茫然四顾。

四顾，便是你的不静了。

（选自《一条河流的23种走向》，华龄出版社2017年1月版）

须弥山笔记

杨建虎

一

面对须弥山，我常常想到那些远去的丝绸，梦一般飘过。在神奇的欧亚通道上，伫立着这一座山，既为佛教的宝山，又是丝绸之路东端的一处要地，宛若古长安的咽喉。放眼望去，须弥山上布满大大小小的石头，从中原大地通往河西走廊，这里是长安通往西域路途中的一个重要节点，也是一处必经之地。仰望须弥山，想象大唐王朝在这里设立的石门关，其意义不言自明。

二

丝绸并非从天边飘来的云彩，它柔韧的力量在于打通了中西方文明交流的传奇史。当火的热浪一波一波掀起，落土堆积成山，透过须弥山暗红色的身影，我们似乎可以看到从这里运过的丝绸缓缓飘过，更有香料、纸张、玉石、瓷器，以及宗教、哲学及各类艺术的传递。须弥山，弥漫火的赤红、土的焦黄、水的清澈，以及渐渐远去的云烟。这是文明传递的重要之路，传播着人间的香火和文明的光芒。

三

许多次去须弥山，遵从季节的安排，看风起云涌、岁月枯荣。被安排在滚滚红尘里，我一直在想，何时才能找一处安静之地，听佛语，读经文，品清茶，遥想当初的繁盛，一窥时光的奥秘。这是一座寂静的山，孕满风的思想和历史的长叹，守候在漫漫丝路古道上……

（选自《散文诗》青年版 2017 年下半月刊）

生者与死者的对话
——怀念朱铁志

杨柏榕

死者：我走了，你们不要为我伤悲，高高兴兴地像送我出远门，到美丽的桃花源那样。因为，从此我不再受疾病的折磨，生不如死的黑夜到头了。

生者：你知道这样离开，让我们这些深爱你如同自己生命的亲友，受到怎样沉重无情的打击吗？

死者：知道！所以我才劝告你们不要悲伤。我是去寻找快乐，不是去寻找痛苦了。你们应该高兴才对。

生者：你太自私了，根本不考虑给我们心头造成的创伤，不再管我们以后的生活之路，缺少你我们该怎么走？

死者：我不是自私者。我活着的时候，一切能为你们做的，都尽心尽力地做了。现在，我已无力再为你们做什么了。难道你们为了自己的感情满足，为了让我在你们以后生活的路上再帮助你们，还让我忍受无法承受的折磨吗？你们不认为你们的思想中，也包含着自私的成分吗？疾病让我痛苦，你们知道后也会让你们熬煎。在这种情况下，我不应该尽快结束使我度日如年的状态吗？我不是只顾个人的自私者，就连我主动解脱自己的行为，也包含不给你们增加麻烦和累赘的愿望。我既然活着不能为社会、岗位和亲友做好事了，自己又很痛苦，干吗还要为了所谓的坚强之名而活着？

生者：生命是多么宝贵，你却轻易地抛弃了世间最值得珍惜的、每人只有一次的无价之宝。你可以在我们大家的帮助鼓励下，战胜疾病，重获快乐啊！你不做长期顽强不屈的斗争，就拒绝了重获快乐的机会和可能。

死者：不，我已经与疾病斗争很久了。生活的路对我来说，如推巨石上高坡。人生的高坡漫长没有尽头。我要向前走，就必须每分每秒使出浑身解数，一旦松懈，巨石就会退下压碎我。你们要知道，即使我片刻停步小憩，也不能完全放松身心，还要用力顶着巨石，让它固定不动。人对延长生命的追求，是没有止境的。生命再长也是短暂，死亡再短也是永远。我没有这方面的贪欲，已经很满足曾经获得的快乐了。你们难道不清楚，有的疾病是不能治愈的，有的疾病是终生不可逆转的，伴随它的还有终生的痛苦。你们难道就想让疾病永远把我折磨下去吗？

生者：你是生活的怯弱者。在与疾病的斗争面前，你选择的是逃避投降。

死者：不。我是生活的强者。在没有任何人、任何势力的逼迫下，我从容镇定地选择人类最恐惧的死亡。这是有大无畏精神的勇士，才能做到的壮举。古往今来，有几个人能在头脑清醒、理智冷静的情况下，做到视死如归？我做到了。你们不应该为我羞愧，应该为我的勇气和胆量而骄傲。再见吧！不对，应该说告别吧。我为自己不能再为你们分忧解难而感到万分抱歉。我也很爱你们、留恋你们。这是我无奈的选择。请你们理解并尊重我选择的权利。分手的时候到了，我的亲友们，请尽快彻底地忘记我，轻松愉快地享受快乐美好的人生吧。在生命的最后一息，我真诚地祝你们幸福快乐。

生者：死亡是你的权利。在你已经行使这个权利之后，我们只能尊重你的选择。你也要尊重我们抒发自己悲伤感情的想法，允许我们用你生前著文反对的悼念仪式，缅怀你，追悼你，以此寄托我们的哀思。你曾是我们生活中快乐温馨的太阳，现在你活生生地把自己变成了我们心里悲伤寒冷的黑洞，但是我们仍为今生有你这样一个亲人和朋友，感到幸运无比，快乐万分！虽然你把令世人羡慕的才华，变成了一缕烟云，但是我们理解了你，就不责怪你了。一件件显示你对我们友情、亲情的往事，我们也有权利铭记在心，伴随终生。阴阳两界，咫尺之间，不能传书递话。我们只能对自己说：愿你的躯体和作品化为夜空的星辰，它的光辉不仅永远启迪我们的智慧，鼓舞我们健康快乐地生活和工作，而且在我们想念你的时候，望着它，像看到你生前热情智慧幽默的笑脸，让我们感到欣慰和温暖。分手了，铁志同志，我们不再挽留你了，只是向你说句你听不见的话：放心愉快地上路吧。在京北幽静沉默散发着花草芳香的土地之下，愿你怀抱着温暖柔和的土壤，身心不再痛苦，灵魂永远康乐！

（选自2017年6月9日《湘声报》）

水的简史

杨剑文

水自银河的眼眸之中而来，落入黄河、长江这两只酒樽之中，孕育出鱼、虾、水草，孕育出龙这种神奇之物，也孕育出一代代龙的传人……

人，来自于水的内核，一盘母腹中最温暖的水——羊水，带着一只温顺的动物的名字。

羊在河岸边奔跑，是高原早春最美的动词。词语跟随河水滚滚而来，是土地的浩瀚史册……谁执笔，蘸一滴最浓的水——墨，

写出筋脉中最柔的部分，写出骨骼中最硬的部分，写出血液中最咸的部分……

汗水中的咸，泪水中的咸，是水的记忆，养着土地之上内心伤痛的鱼儿。

凝视一湖水，照见时光……

波光粼粼。清澈。清透。想要沉入水的世界……最终，却是转身远离。与水对视，抽出目光之剑，斩断了些什么？

水声哗哗。却也是，不语，不释。

江水流去。

它的流程淹没一个人留在土地之上的脚印、庄稼、树木、村庄、坟墓……

只有一个民族最烈最勇的血液才能把一条江染红……至今，有一股红色的水流淌在皮肤之下，始终有最强劲的波涛，在响！

响。来自骨头之上的雷霆怒吼。雷霆。怒吼。

冻僵的水，依旧保持透明的心扉。

敲击，敲击，有水的骊歌奏响……

深夜，掩面而泣的人，能否读懂一片广阔之水冻裂出来的心电图、脑电图、战略图、路线图？

一把火，让水舞蹈，让水歌唱，

让一颗头颅思考，让一列钢铁奔跑出比马匹更加宽广的疆域……铁轨成为没有河水的岸，却有着水的冷静思考。

远方，在河岸的尽头……

云是水的梦。

人的梦在神话之中，全部从一片汪洋的大水过后开始讲述……水的梦洁白，已找寻不到一滴诗歌的墨迹。

我无声地诵读，有浪花打湿眼前，有波涛之声响在耳畔……

梦到水，从天而降……

淋湿桌上的一页纸，字迹化开，所有的传奇、故事、史料……一切，终是无踪可寻。

无踪可寻。水升腾为雾为云为仙……

（选自2017年6月14日《榆林日报》）

一棵故乡的树

肖建新

在现代，必须学会隐身术，才可以生存
然而树木没有，连躲藏也不曾熟练
它尽情开放自己的骨架，展示自己绿色的肌肉
以巢的名义招呼鸟儿，让它们练习降落，排练有障碍的滑翔
留它们过夜，并准备小小的树虫作为食物
鸟儿们却窃窃私语，有时大声喧哗、吵闹
丝毫不感谢树木为它们遮挡了露水，提供了宽大的避身之所
甚至把粪便留在树枝上，弄脏了树的青衣
只有婉转的歌声飞出树笼时，才知道树的每一个细胞都是欣慰的
每一片树叶都是耳朵，每一根枝条都是听众
鸟儿悠扬的歌声，通过树根传入大地，大地也颤抖了
地面上的小草使劲地挥舞着手臂，连蚯蚓也抬起了头
它们泥质的耳朵上还沾着一点湿润的泥
看来树为鸟儿所作的一切，不全是为了欣赏一场别开生面的演奏
更在于欢乐可以在生命间传导

树把月光分给了鸟儿，分给了一个个路过的人
分给了一只只栖息在树叶上的昆虫
它允许牛在自己的身上打磨皮的韧度，允许孩子们在自己的身上练习书法
允许年迈的老人把鼻涕抹在自己的枝杆上

允许一个知了家族成天吹着烦扰的口哨
允许一队蚂蚁把自己的身体当成通天的国道
甚至默许一条花斑的蛇，爬到枝叶间，吮吸自己释放的氧

它不厌其烦，从东西南北收集微风，以活动自己的末端叶轮
它兴高采烈，从四面八方收集阳光，以搅拌体内丰茂的叶绿素
以自身的柔韧，化解夏天的风暴，护好自己的腰身
对于天上的雨水，它是一座隐形的贮水器
对于地上的空气，它是一台零消耗的输氧机

（选自《散文诗》2017 年 10 月号上半月刊）

寒 兰

邱春兰

寒兰沐浴着初雪圣洁的洗礼，深情而气定神闲，与兰人即我非我的本我刻骨，与冷香、遗香、常香若有若无，时而近在咫尺时而天涯迂回，唤醒万物的世事极端。

寒兰与天空飞舞的白蝴蝶与景象抵达的坡上兰朵，开到微醉处，彻骨入思，空气明亮的一种气度、一种碧润、一种精神、听凭时光喊出万种寂静，谁说寒兰是天地看客？是雪潮的卷入者？坡上种兰人愧于自己与寒兰神采、形质的“太虚片云、寒塘雁迹”的对白。

寒兰允许用一个最通俗的比喻来说她冰肌玉骨，冷艳凌江；允许光线不分彼此的婉转词语无边地浮现，寒与兰的嵌合或夸张渲染雪借兰势于现世的重叠境。

明朝春天，轮回的四季里，镜上映照的兰朵不动声色；镜下夜暮四合，种兰人煎一壶岩茶于被雪覆盖的兰坡雪上与时空对饮，注定有一些欢喜时分一直在莹白如玉的雪上种满如兰的白月光。

为此，种兰人终将清风染眉，在雪月不相负的兰坡像寒兰一样黎明即起，与世照常。

（选自香港橄榄叶诗报 2017 年 6 月第 12-13 期）

伫立阳台，看牵牛花迎风飞起

何敬君

伫立阳台——

一株牵牛花猛然而至

粉紫的花朵，葱绿的叶子，一排号角妖精般鼓击我的眸子

我看着牵牛花，看着黑白交错的云朵，看着一只鹰在半空翱弋

牵牛花继续它夜以继日的无声的乐曲

我还听不懂它奏出的是欢乐还是忧戚，但我知道那只鹰谐振了它的音符

阳光穿透了云罅。粉紫的花朵和葱绿的叶子已然站立，牵牛花似一条游龙迎风飞起

伫立阳台——

倏而想到阳台之下，地层深处或许埋藏着不知年代的青铜、陶器和人兽之骨

这儿是否耸立过一座高塔？它在哪个夜里坍毁？从何时起跟许多高塔一样无可寻迹？

而牵牛花年年如期奏响，在篱栅上、在墙角边、在草丛里：与世界对视

我无以拥抱那些强大的事物，正如必须顺从天地四时星落日出

此时，我更像一株夜里的珊瑚，伸出更多触须拥抱这精灵这弱小的植物

一株牵牛花与一个写诗的人，面对各自的世界……

（选自《山东文学》2017 年第 1 期下半月刊）

王者秋天

余金鑫

以十万顷稻子拂动的黄袍加身，秋天荣登大位。

王者秋天。

为你奉上稻谷的金山，棉花的白银，流水的绸缎，天空的宝蓝。

一切的道路朝向你。

为了今天。

春天的播种机轰轰作响，满载着花朵、蜜蜂、蝴蝶、农人一路跟随，兴高采烈奔来。

夏天发布火热的动员令，一花一叶从每一块泥土、每一条枝头万箭齐发，向着时光冲刺，引爆山河的激情，一枚枚果实一天天长成大地的宝藏。

自然而又艰辛的旅程。

平凡而又荣光的日日夜夜。

终于江河归海，修成正果。

必定抵达圣地，瓜熟蒂落。

王者秋天。

有着秋水明亮的眼睛，大地宽厚的胸怀，母亲田野芬芳的话语。

王者秋天。

正端坐在江山之上，邀请天地，举办一场既定的丰收大典，再一次亲手为风尘仆仆的劳动者加冕。

（选自《诗选刊》2017 年第 7 期）

浑沌初开（外一章）

谷　莉

马在尖锐的笛音上抖动鬃毛。没有平原，没有可以飞跃的群山。

很黑，然后开始摇摆。风把水送到夕阳面前。

此刻，你很遥远。我睡得正酣。在船上，没有桨交出时间，只有头顶的白云擦拭着暗黄的天。

一块石头从水里升起来，另一块，把耳朵打开。

古老的婴孩

这是我的孩子，她泊在水边，已经睡了许多年。

这些年，没有童话，庞然大物的眼睛里隐着无法说出的爱怜。

抖落的雨水在涨，草木绿了又荒。

她始终沉睡，梦让石头发烫。

哦，我来了，来了！挣脱了蛛网。海螺在脚边歌唱。

低下头，吻她的呼吸。她醒来，在我的胸口处醒来。一只发光的小鸟，

驮着无数个影子，开始飞翔。

（选自《星星·散文诗》2017 年第 10 期）

一念秋风起

谷　静

秋至，微凉。

刚刚与一朵莲花告别，此刻又和一株淡菊相逢。

倚在季节的门楣，静看花开花谢，云卷云舒，还没来得及细数光阴的斑驳，岁月的舟船就已停靠在秋的渡口。

窗外淡月疏菊，馥郁淡雅。一缕秋风从安静的小巷吹过，巷口隐匿着太多的故事，那些匆忙走过的脚步总是落满风尘。路过的人们不得不为一阵风儿稍作停留，驻足间，秋风吹醒他们封存已久的记忆，那个握住时光不停追风的少年，那个说好了要纵浪到底，傲骨如风的灼灼芳华，早已在月朗星稀的夜晚隐逝在这巷陌深处……

山水依旧灵逸，只是暮色暗淡了光影。日子总是不紧不慢，可记忆之外的感念总是不能长久，一如我那转眼即逝的年华。

流年如风，吹散四季繁花，落下的片片光阴里，演绎着不同的凡尘浮华。故事在俗世里辗转成歌，波澜不惊地穿过春秋冬夏。当秋阳染红了枫叶，如火的柔情便旖旎在秋日晚霞中。

执笔间一滴秋雨落入眉间，几许薄凉，几许惆怅。静坐轩窗一隅，轻捻一抹秋意在笔尖流淌，让笔墨蘸上菊香清韵，在秋雨阑珊的夜晚，书写一阕秋词，将一些念，一些暖轻搁在浅浅的诗行里，温润在柔软的心上……

白落梅说“山水总是长在心脏的位置，淌过时间的河流，就能寻觅到那个有梦的地方”。我从隔世的遥远里，在秋水一色的梦境里，踩着命运深浅不测的纹络，却仍走不出一段成熟的岁月。

时钟滴滴答答，这承载着生命厚重的声响从黎明晨曦穿过日落暮霭，分分秒秒从不停歇。忽然听到一个声音在耳畔轻语：“落下的樱花，叫醒梦中人，原来我，依旧在红尘……”

（选自 2017 年 11 月 23 日中国散文诗研究中心微信公众平台）

父　亲

冷　雪

当我从前世匆匆飞来，当我叫出了那个名字，我就知道，您已经将太阳和月亮一并植入我的身体。

我在北风中玉立的身体，以及翅膀，甚至比门牌号码还要清晰。

我所说的门牌号码，并没有泛出太多的光泽，一块并不鲜亮的岩石上，被泪水浸透的文字，将我的生命，照耀得有声有色。

在太阳与月亮间行走，我其实不是纸做的风筝，我更愿意走在北风的前面，手持着花园的暗香，倾听雪下隐隐的水声，就像在母亲温暖的子宫里，倾听您轻轻、轻轻地呼唤我的乳名。

一定是对您情有独钟，一定是对您满怀愧疚，我才要把家安放在驿站的前方，那里会比来世远，那里一定比今生近。

其实，我并没有飞翔在空中，我一直行走在博大的海上，那是一片怎样的海啊，任凭您我融会贯通的血液，浩浩荡荡、澎湃汹涌……

（选自《绿野》2017年第1期）

拾荒者

汪甘定

捡拾贵人遗弃的旧梦，和被平庸忽略的机缘。

一切于我，都是隐形在角落里的希冀。我赋予它们春天的绿，清扫我眼眸里的灰霾。

黑夜的迷茫，蒙蔽不了匍匐的尘埃的亮眼——生活的垂青。我用它与失语的世界交谈，探寻一丝未知的生机。

暮色苍茫下的城市，楼很累，语言很累，表情很累，步伐很累……

我，轻装上阵，在城市无暇顾及的废墟区，打捞气若游丝的繁华，装点我原始的欢爱。

朝霞满天时，我打着幸福的饱嗝，蹁跹在城市惺忪的眼帘……

（选自《散文诗》2017年第9期上半月刊）

不真实的蝴蝶记

沈　健

院子里来过蝴蝶——白蝴蝶，黑蝴蝶。

其实，仔细看，那还都是花蝴蝶。

只不过呢，是以白或黑，做了其主色调。

每一次，每一次得见蝴蝶，却几乎总以为不是真实的蝴蝶，是不真实的蝴蝶。

为什么？

梁山伯与祝英台——这根深蒂固的中国传奇元素，这千回百转的中国爱情故事，比真实的美，总是要更美。哎，那可真是美不胜收。

（选自 2017 年 11 月 28 日《竹乡文学报》）

云层之上，迎着晚霞向青海（外一章）

宋长玥

大地暗下来。
云层之上晚霞寂寞地殷红，她们迎着我，汹涌。汹涌。汹涌。
通红的河流，
等一人摆渡？

向青海，我的灵魂那么高，
甚至无法安抚天空，
安抚太阳，
安抚狂怒的气流。向青海，暴躁的人间没有片刻安宁。

黄河左岸：一个画家的述说

一只翠鸟殒命于冰雹之下，另一只翠鸟自此不知去向。男人说那顶鸟巢空过春天已成象征，清晨写生再无风景。

大河静流直至中年，目击苍山之上云的骏马无人驾驭，转眼肋下生翅并不急于飞翔，待空尊孤悬，本相逐一消散，左岸似乎无人。男人说倘若孤侣他日归来悬念无解，独守江源我已苍老。

（选自《山东文学》下半月刊 2017 年第 1 期）

民国建筑神父楼

宋显仁

那是闹中取静的神父楼，现如今它仍潜藏在小巷里，它的对面为残旧的电影院——那是原先的城隍庙旧址。

这神父楼，我的几个朋友进去看了，而我在门外，在门外看墙缝间长出的杂树，有的根丝还未伸到墙脚底下。

朋友们，你们看到了什么？看到翻开的经书了吗？看到用过的纸笔墨吗？也看到留下的水杯和衣物吗？

阳光透过树枝从窗口射进屋内，是否有明晃晃的感觉？朋友们，你们看到的，我什么都看不到。

而我曾在一次旅途中，到邂逅的教堂里听神父侃侃而谈，我那时候听到的，你们什么都听不到。

神父楼啊，我路过电影院无数次，以前我怎么没注意到你的存在呢？就像没太注意到的一双眼神，它似乎还在凝视……

（选自 2017 年 11 月 9 日《贵港日报》）

稻草人

宋晓杰

1

试着，排兵布阵；试着，记住那些金黄的细部、黄金的闪烁之处。

诗人说：“生命并不短暂，短暂的是人。”

2

遮阳帽。小花褂。倾斜着身体，急于长大。

手握小彩旗，呼啦啦，呼啦啦，麻雀、老家贼，全都被你吓跑了。

——如果愿意，你就顺着自己的意思活；如果愿意，你就变着花样儿笑。你就是童年和童话的粮仓。

编织与创意，历来是春天的缔造：清亮的露水挂在唇边，你睁开渴睡的眼，清风扑面，蜜蜂旋舞，花枝乱颤……在干草收割之前，你不停地歌唱九月、明亮和停顿的时间。

3

古老的机杼没断，打草机停在檐下，会把你打扮成什么样子？那些线、横梁、踏板，太熟悉不过了。是谁令光阴漫漶，一把把星辰推到天边？

当我翻过山冈、涉过梦的泥淖，苦难中止，天使在晾晒翅膀，蕨类在编瞎话，而我在慢慢变轻……

身影消逝，单调的声息、奶奶的咳嗽、模糊的面容……都在原地旋转。

风箱得了哮喘，但是，一家人的夜晚因为你而烟火旺盛，晨昏升起明净而温良的火焰。

4

我们都是稻草人！我们都是稻草人！

地震了！砖瓦因而可疑、危险。唯稻草暂可栖身，唯稻草性格绵软。

乡下的奶奶家不是避难所，而是童话乐园：黑夜里无须点灯，无须烛照，手电恰好是神秘的灯塔——稻草人的卫兵，就睡在我们的身边；我们睡在奶奶家的菜园。

“地震了！”奶奶是发号施令的指挥官，我们每天的功课就是等待命令——也许正在吃饭，也许正在玩耍——人命关天，奶奶爱我们，训练决不手软。

那一次，我刚刚跑出稻草窝棚的“洞口”，却恍然记起我的伙伴——因为笨重的棉衣，因为惊慌失措，七岁的我跌倒在“逃生”的前线！两个姑姑连拉带拽，我艰难地爬出洞口，怀里紧紧抱着你——我的稻草人……哦，寒冷有牙齿啊，它一小口一小口地咬我的鼻子、脸蛋，但我有你的温暖，足以抵御清贫和严寒。

5

我要给你一个心脏，一颗透明的水晶。没有血，没有疼，永远明亮而喜悦。

我要给你绿野、仙踪、夙愿；给你晴朗的笑容、美丽的旅途、至爱的旅伴。

我还要给你：绵延不绝的田野、宽舒的怀抱、无尽的蔚蓝和夏天……

（选自《海燕》2017 年第 4 期）

夜雨寄

宋清芳

这必是我了。

是的，久违的感觉一涌出来，就有流泪的冲动。可境界和情怀都不是了，再想回到泪光里，只是臆想。

但总是被吸引的，这轻轻的抚摸，这敲响大地的蹄音，这湿润的孤独。

每一滴雨，都有一个我在轻轻诉说。

其实什么都不用说。

春远的时候，有流水。流水远的时候，有光。

总有你持续热爱的时刻，比如，静夜听雨，听它不紧不慢地把黑暗，顺序安慰。

从地而来，入地而去。来中来，去中去。

忽然想起入土的人，即将入土的人，和终要入土的人。说声安好。

雨有语言，你只是听不懂。

今夜舞起来的，是水。

曼妙。不可说。人天。土地。慈悲。

（选自《星河》2017年秋季卷）

赛里木湖，我为什么还要再来

张咏霖

萧瑟，孤僻，冷漠……

秋日的肃杀如黑云，把传说撕得七零八落。

草海不阴不阳，惊艳绝迹了；湖泊混沌一片，波澜隐遁了；天空何其寂寥，鸟雀的诗句无影无踪！

赛里木湖，那次的相逢至今还隐隐作痛。

可是，我怎能忘记你深掩于尘世的那滴眼泪，怎能忘记你向经过的人偶遇的人慕名而来的人滔滔诉说，怎能忘记你的超凡脱俗。怎能忘记你的极尽奢华……

所以，我必须策马而来，盈盈的波光一定是你含情脉脉的问候，仅仅一次的波光盈盈就行。我可以席地而坐，一个下午一个黄昏一个晚上，席地而坐，仅仅让我的凝视与你的眼眸不期而遇……

闲云野鹤，我毕竟是一个过客，我被牧人的长调拖得越来越远。

（选自 2017 年 8 月 26 日《湖州晚报·散文诗月刊》）

巍巍无名树（外二章）

张晓林

1

风在夯击，雨在大地上传递。

更多的伤痕秘密，越发显出沧桑、古朴。

2

你的先祖，我的先祖，忍辱负重的先祖，胼手胝足的先祖，心中，是极深沉的恢弘涵蓄的清露，正在闪烁，

有文化引导的意义。

3

每一片叶，都是一句戏文，甩着水袖，跳着狐步；

每一束树枝，都是一出戏，原始，粗粝；那水袖，还有一滴正在下落的泪，在远方，那个建制初始、百废待举的城市，展现一部史诗性质的歌剧。

遵循着的，是苍天地茫、云白草青的秩序……

风雨挂甲树

随着风雨的强势，清寒悄然弥散。

锋芒处处毕露。

惟有彤云，每一小片，都筋骨松弛。

唐时的脚步，远了。

斜阳巷陌，曾经热烈蓬勃，金铁交迸。近乎滚烫的铁流，像滚

滚沽河水，最终，回归了历史。

覆水难收，时光已远。

此时，惟一只翼翅披展的鹰，在长枝上，

经受着糁雪的问候！

柘树在歌唱

在老家，在沽河，我梦见一只宋朝年间的鸟，

活了过来……

我听见，风在焦灼地吹。

一场瓢泼而下的雨，正在酝酿。

时有热烈的风，多余的沉默。

而每一片叶子，所有的叶子，就在这时，海啸般发出了热烈的歌唱！

这歌，感召着大地，比天地间所有的响声、潮声、雷电之声还要明亮，还要响。

这是柘树，面对天地，发自灵魂深处的歌唱！

（选自《大沽河》2017 年第 2 期）

佩环明亮

张晓润

1

总是有时光轻快如马蹄，可是桃花夹岸，总有无限的留恋不可以奋蹄催鞭。

慢下来，允许种子经由根茎、叶脉，经由暖风和雨水。慢下来，允许万事万物，以各种路途和心情，抵达最后的果实。

之后，无论有多疲倦，我们都须命令自己，跟上去，最好马蹄轻疾。

跟上去，最好在第一时间。

跟上去，最好以第一人称，回到房舍或宫殿。

2

想说生日快乐，有生的日子天天快乐。

想把节日和生日当做一生的姐妹，纵可以没有胎记，也能够喜极而泣。

避开生锈的铁环，给出不附加的理由，用略带香气的衣袖，要一个明亮出来。

不说生不逢时，每一次遭遇节日，都可能望见灯盏，不说大路朝天，回家的路才是正确的旅途。

即使被火追赶，也要做残缺的美的蝴蝶。即使这世上没有牧人也没有牧场，也要从宽大的衣袖，取出良善的尺子，代替套马杆讲话。

3

我尚且代表一切低到尘埃的事物向高处的风致敬，代表菊花、代表雪葵，代表鲜明立在两种季节的骑士，向高处的风，明示一种态度。

我偏好斜线，用坡度做向上的身子，探向月亮中的桂树。

风吹过，树影是活下去的人类的替身，果实一如舌头，将用好的和坏的，给出正义和公正。

用什么去抢夺越来越少的蓝呢？风，大概是最先锋的武器。

在先锋面前，安顿好拖着尾巴的狼群，风，将指引我走向更加洁白的羊只。

4

无论追过怎样的风筝，都要回到乡野这一个摆满棋子的棋盘上来。

乡愁是一棵大树，结满一个人一生的种子和果实。

孩童时抬头望上，肩头常常妄想一把向上的梯子。中年后，我们已委顿于望天的目光，只满足于项背上硕大的背篓。

是烟火过于稠密，让我们眯缝于现实过湿的柴火？还是棋子精明，无以在楚河汉界给出优质的问答？

一次出走，就是一次乡愁般的建设啊，等我回来，用跛脚闲敲棋子，如拉响腰间明亮的佩环。

（选自《星星·散文诗》2017 年第 3 期）

面　对（外一章）

张敏华

柠檬色的夜，像一道裂缝，我生活在裂缝的右边。不可名状的预感——一个眩晕者，注视着刹车后留下的车辙。

树影蜷缩着另一种焦渴，驼背的老人又将度过一个平淡的夜晚。我已习惯玻璃痉挛的颤栗，但我无法面对玻璃破碎的细节。

还有什么会进入我的生活？在春天的喘息中，在暧昧的睡眠里，我悲哀地想——谁会给城市一张干净的床？

空　门

是什么让我想起这扇空门？是谁又拥有这扇空门？空门拥有虚无，虚无拥有万物。

我轻轻地将空门打开，我是一面镜子，我感到自己虚无的影子，是一条河流。

我听到镜子里流水潺潺，我又是水里的鱼。

空门又像是一只鸟巢，它构筑在我虚无的枝桠上，让我抬起高贵的头颅，仿佛远处的青山，青山上的塔，塔顶上的云端。

当冬天到来，谁听到了黎明之钟打开空门的声音，我内心的完美被白雪覆盖。

（选自《青岛文学》2017 年第 3 期）

野草吟

陆晓旭

喧嚣的国度不属于它们。欲望的沃土也不属于它们。

寂寞是它们精神的道场。

春风吹过，它们就从根部开始，不断释放隐忍了一冬的寒气。在雨露的滋润下复活，在阳光的关照下生长。向上，也向善。

有时它们就是在苦难里舞蹈，有时它们就是在梦里飞翔，有时它们就是在眼泪里歌唱。

始终渴望能长出一双自由的翅膀，却被鸟儿嘲笑。

那鸟儿又哪里懂得，野草的疼痛，就是飞禽们折断了翅膀的疼痛。

所以鸟儿们嘲笑野草的时候，野草也只是报以轻描淡写的微笑。

默认野草可以掀翻石块吧，默认野草有它们自己的力量。

与其等着沉默的石头开花，不如和野草一样，前不低头，后不觅路，像放逐希望般放逐自己，成群结队走向山岗，走向原野，哪怕前面就是那广阔无垠的沙漠，也要集体漫延过去。

你拉着我的手，我拉着你的手，根连着根，心连着心。

这是铁的意志，无比的钢的坚强。

天地之大，野草也可以四海为家。在哪里安身立命，哪里就是故乡。

如果命运要重新洗牌，不妨也将就着洗一洗池子。

命运的染缸，已经积攒了太多人性的肮脏。

我是说，在野草都走投无路的时候，我们还有什么理由，对那些转瞬即逝的烟花抱有幻想？

今天的黄灰，未必会变成明天的辉煌。

你听，野草在歌唱！野草在面向皇天后土歌唱！

谁，才是它们真正的神祇？

活在清醒与混沌之间。谁又能说清，野草没有真正的仇恨？

不用伶牙俐齿为自己辩护，却能用心沉思，树何以为高，花何以为香。

仿佛沉思也是一种最好的武装。

为了一米的阳光集体请愿。

深渊也好，地狱也好。

就算前面是地雷阵，它们都会排山倒海地向前，向前，势不可挡。

除了爱，它们还有爱。除了梦想，它们还有梦想。

晴朗的日子，阴霾的日子，甚至是漫长的黑夜。有更多野草摩肩接踵向前走着。它们不说话，只是昂着头颅。

每一棵野草都在眺望着无穷无尽的远方。

（选自《中国诗人》2017年第2卷）

头　羊（外一章）

阿　垅

在欧拉，在阿万仓，人烟稀少的原野，我见过一群羊，庞大的队伍逐水草而生。

一只领头的羊，体魄健壮的羊，只在日出和日落之时，威严的走在最前边。

它两只曲卷的角，如灰岩打磨出的花冠。

被霞光涂上金色的硕大的睾丸，悬垂于胯下，甩动、鼓荡着，如一部辉煌的史诗。

甘南的羊

就这样走着，背着一个个村庄的名字，在草叶上晾晒经书，四处传播春天的福音。

就这样走着，只穿皮袄，裹紧人烟，抵御早晚的寒凉，令一路的石头虔诚，蹄花泥泞。

就这样走着，不知还要走多远，走多久。

不知要走到何年何月何日，才是尽头。

它们就这样走着，漫游在众生的精神世界里。

一直在等，那个从天边来的取经之人。

（选自《奔流》2017 年第 9 期）

秘　境（三章）

孜　澜

草原石人

平坦如砥的草原上，石人突兀地站立着，形单影只。

粗糙的轮廓，简单的线条，勾勒出人的形象。拙笨、憨厚，朝着太阳升起的方向。

哦，在梦幻般的米尔其克草原上，草木荣枯，鸟兽来去，流云聚散。

威严的阿拉套山注视着这一切，也注视着石人。石人肃穆。

一只鸟在它的身边落下一片羽毛；

一只孤独的狼，在它身上蹭痒；

一只旱獭，在它的前方，挺立身子向远处眺望。

一群牛羊杂乱的蹄音滚过，扬起烟尘，掩去了它的容颜。俄顷，烟消尘散，天地又复归寥廓。

石人是人，模拟人的形状，构成一道独特的风景；

石人是石，少了人的欲望，因此天长地久。

它的前方是亘古的草原，延伸在目光的尽头。而它的身后，是淤积在历史深处的石围栏墓群——

一个消失的家族史，一个部落的游牧史，一座草原年年岁岁的兴衰史。

我站在这片草原上，夕阳的余晖拉长了我的身影。风吹起来。

“迷路，迷路，边草无穷日暮。”

岩画

在雨水的浸淫和山风的剥蚀下，这些岩石上的线条、图案，已变得斑斑驳驳，模糊难辨。

或许，一掬清水，就能让它们清晰地显影。

短横，长竖，弧线，圆圈，连接象形的画面。

一匹矮脚马，三只大角羊，孤独的狼，惊慌的鹿，弓箭手，独舞者……还原神秘的图案。

是谁镌刻下这些形形色色的图案？稚气，率真，仿佛出自人类童年之手。

哦，这远古生活的神奇图腾；

哦，这游牧先民残存的记忆。

冰凉。粗糙。穿越无数蛮荒的岁月，依然可感生命凿痕的犀利。

岩石下，是一丛蓝色的鸢尾花，在风中摇摆，靠着行踪不定的雨水的接济，开得异常热烈。仿佛生者要把短暂的欢愉，传递给永恒的逝者。

一只失散的马鹿跑出了画面。

泉水

一直往西走，就到了源头。

源头，是雪的流放地，风的巢穴，鸟的禁区，是三位巨人——阿拉套山、空郭罗鄂博山、别珍套山——挽臂之地。

山和山秀着肌肉，健硕、壮实，棱角分明的线条，透着刚毅。

这些雄性十足的山，不乏柔情衷肠。在它们的怀抱，遍布的泉眼，从罅隙里汩汩流出。细小、柔弱，清澈、沁凉。

山和泉，两相谐和。处其上者不自矜，处其下者不自伤。

叮叮咚咚，就有了琴弦的韵味；曲曲折折，就聚成了小溪。

一头小鹿，低头饮水，水面映出警觉的神情；

一只苍鹰，俯冲掠过，倒影里划出优美的曲线。

泉水不断地汇聚溪流，众多的溪流汇成了波翻浪滚的博尔塔拉河。洇出一片湿地，泻出一片水域，浇灌两岸的田畴、丛林，润泽鲜花盛开的草原。

于是，就有了炊烟、牧歌、奶酒和祥和的日子；

于是，就有了五彩斑斓如哈达般飘逸的博尔塔拉河谷。

掬一捧泉水入口——

哦，我的眼中涌出的是感恩的泪花，心中翻滚的是颂赞的诗篇……

（选自《散文诗》2017 年 9 月上半月刊）

冰　雕（外三章）

陈　俊

其实镜子还是镜子，其实自己还是自己。

镜子更真实，镜子找到方法论。水没有镜子认死理，水有无数变戏法。

水迷路在北方的街巷，有了许多人间的烟火气。

水想方设法找到自己的反面，头、四肢扭过来扭过去找，找昨天的铁青色天空，找一只鸟掠过的影痕，找路的藏匿点，找平起平坐的对手，找幻化的魔法，找依据。水的脸扭得生痛，脖子扭得生痛，水在没有方法论时找不到水的模样。就像镜子在没有打碎自己前看不到镜子。无边无际的水，光光溜溜的水，风流千古的水，收留自己，盛满自己。

水不是水最后的镜子。一百个镜子里有一百个哈姆雷特，有一百头疯牛、野羊、老虎、兔子，有一百个诞生、旺盛和消亡。水在水的镜子里还是水，还是自己，水不甘心。

水拿风照照花容，风一点都不含糊，风的手里有一面魔镜，从此水总是看着不再像是自己。水没有多想，也容不得多想，水从湖里起身，天空的镜子充满奇幻，水走得太急，忘了穿衣裳，它以为天空会关心它的冷暖。水从水里出走，水失踪多日，全世界的水都在找它。

怪不得别人，水总是妖娆地打开自己，总想从地上跑到天上去。

水到了天空，天空的镜子里水已被改了户籍，名字也被修改，基因也差一点被修改。它被无限的克隆、复制，水已找不到哪一个是自己的脸孔。水忘记了水的模样，水无比的后悔，它不能承受自身的方法论之重，水一片片从天空坠落。

水太想找回自己，以至于需要刀锋的锐利。它逢人就问，我长什么样？有个老人刀锋一划，它成了一个开屏的孔雀；有一对年轻人把两颗心掏出来比划着给它定型；还有一个孩子想它变成一只小白兔就被大人捏成乖乖兔。

水终于不再想找回自己时，才知道自己无所不在，它挺直脊梁。水在寻找自己时寻回一面镜子，自己不仅多情柔软清波荡漾，也有坚硬的一面，原来还有冰肌玉骨，自己复杂、多样、有棱有角。水战胜自己照镜子的想法，大地上端坐水的前世，镜子已在所有路过人的手上，它们照着，快乐地打闹、奔走。

北国的风相互尥蹶子，那一刻水与大地抱得更紧，浑然天成。

芒砀山

我从梨花的白里修一条秘道，通向山河壮丽，月白风清。内心梨花似雪，万物重回春天。

北方苍茫大地，剑鋒过去，一路尘土飞扬。多少掩面低泣，多少血泪滴水成冰。

我是悲伤的一滴水，在历史深处打洞，温暖无数的草木之心。

站在高处的大汉雄风，是否看得见低处的尘埃。

大风起兮，我带着一些空虚的丽词。我仰望高高在上的佩剑，闪着接近饥饿的菜色寒光。

大汉雄风，刮不走低处的云朵和百姓。

秋草占用史书的空隙，总把匆忙的秋天带出视野开阔的荒芜。

那些成熟的离散，多么需要一次秋收的理由，让远行人看清雁阵。

芒砀山需要扫一扫清晨的天空，才能看得更远！

梨花似雪，钟声回响。某一个醒来的音符重演振臂一呼，风云激荡。

山顶上握剑的人是否还能挥起江山，去斩一条蛇的江湖。

梨花有苦难深重的白，梨花也有深入人心的白。

我从黄河故道的烟尘里带来梨花的白，我想解下腰间的白。
放到天子的脚下。大风不再刮，大雪不再冻死苍生和蝼蚁。

我与大风一起来到砀山

我与大风一起来到砀山，风起于内心的青苹之末。
它要狂野，我无法平息内心的风云。
风起于刘邦起事的芒砀山，吹我于黄河故道。
你说风一直未曾停息，它吹走了黄河的精血。
留下黄河的筋骨，它的精血已改道。
大风起兮，吹走了壮士的山河。
只剩下你的江山里吹落的一地梨花，一地白发。

从芒砀山至凤阳

我像那些夜行的动物，我像那些潜行的幽灵，我穿行在两个王朝的时光秘道！从一个王朝的开端去偷袭另一个王朝的开端！中间留下雾，大风，水草和苦难人间。

芒砀山是一个寨门，我带着一班草莽英雄向凤阳出发，凤阳是另一个寨门。寨门上是另一班草莽。他们有惊人相似的面孔，脸上有窝藏的反抗，眉上有压迫的霜冻，身上有农民的气泡。还有不甘，还有呐喊，还有王侯将相宁有种乎的天问。

他们都是从苦难深重的泥塘里长出的蒿草和芦苇，因为迎合了风，他们连成片，让一些百姓可以藏身，找到根和生存。他们让出了空间给鱼和野鸟自由往来。他们也让出时间给大风和雪完美自已。

我从芒砀山带来的寨旗与凤阳的寨旗颜色相近，都绣着王气，我得以畅行无阻，我从一个王朝打开另一个王朝。

我比较了两个寨门里的泥土，都适合栽种庄稼和阳光。比较了两处的清晨和夜晚，都可以敞开寨门，放生灵进出。戾气收剑，梨花盛开，气象平和。

他们是霸气清除了霸气，血清除了血，城墙清除了城墙，路清除了路。

然后英雄挂出名字，在树上结成果实，给我这个潜行的人一一指点历史和江山。

（选自《散文诗》2017 年 8 月上半月刊）

在乡村（外一章）

陈　亮

有一天傍晚，我来到了村后的土岗，天很快就要黑了，怪物吐出阴凉，天使挤着星泪。

这时候，河水开始缓缓流向过往，果园的香气压低了穿过篱笆或铁丝网，我们的父亲或者母亲终于从庄稼地里出来，身体散了架子，越发潦草、含混。他们扛着铁锨、镢头，来不及叹息，就牵着牛鼻或赶着羊头，晃荡在崭新的柏油路上。

这时候的风彻底躺下了，月亮用眼角扫着几只挤眉弄眼、猴精作怪的小兽。这时候我会看到村后的那条柏油路上，有人在烧纸、祭奠、拖着长长的哭腔，或迎来一队打着灵幡的浩荡队伍，仿佛从电影鬼片里飘出来幻影，每每让我蹲下，抱头哀恸不已。

就是这条路，从修好到现在死过不少人，前年是一个拾荒的老人，一个建筑的汉子，去年是一个哑巴，两个孩子，今年，是一个卖豆腐的小贩——他们都是在这条路上被卡车撞飞了，场面很惨，至今只要我使劲吸气，还是能清晰地闻到那些顽固的血腥——

在乡村，还有多少亡灵不肯离开，还在用什么使劲抓着尘世的泥土。

一盏灯

我想写的那一盏灯，是在北平原，霜气把月亮发烫的匕首弄得青白了。已经是后半夜，一个低矮的羊圈里，我家的那一头母羊要临产了，铁丝上，挂着父亲用旧了的那一盏马灯。

看得出，母羊开始有些焦躁，却很顺从地让父亲跪着，抚摸和安慰她的皮毛，用温水洗净它鼓胀、拖拉的乳房——慢慢地，羊水就流出来了。

随母羊阵阵呻唤声，羔羊的前肢先探出，紧接着，它的头附趴在前肢之间，顺利地，落在了松软的麦草上——最后，胎衣缓缓地脱了出来。

父亲小心地将羔羊的口、鼻和耳骨的粘液淘净，又将羊羔放在母羊的嘴边，让她将羊羔的皮毛舔干、捋顺。整个过程，显得有条不紊，看得出，母羊和父亲都是有经验的。

可父亲毕竟是老了，手上的脏污还没洗，就和着麦草的腥膻和生育的气息蜷缩着睡去了。只有那盏马灯，还一直暖暖地亮着，晃着，

怜悯灯影里，母羊在舔着她的羔——羊羔们跪爬着，颤巍巍地发出咩咩的嗓音，声音很虚弱，但没有不安和恐惧

（选自《核桃源》2017年第4期）

天空与岛

陈于晓

山落在海中，便是岛了。海太大了，岛渐渐地隐身成海螺一枚，到最后，不过是涛声一粒了。

在海所主宰的世界里，岛屿是若有若无的。

海落在山中，便是天池。不过是一汪海水，进了山，海水便摆脱了骨子里的咸涩。山太高了，太绵延了，足可以把海阻挡在视线之外。海只留下一滴清澈，假装也住在山中。

只有天空，因着它的空旷，包容了一切。天空比山高，比海大。唯有置身于辽阔，才能识得自身的渺小。

天空中有山，有海吗？如同“无”孕育着“有”，“有”在渐渐地归于“无”。天空那一望无垠的蓝，也是海，那星群，不也是被撒落在海上的山吗？

大地上所有的海水与山峦，终将缓缓地融入天空的“空”。

很多年以后，大地上那些清澈的人，也会像山一样，落在天空的浩渺中，成岛，或者成星星，不时地，闪耀在后人的仰望中。

（选自《散文诗世界》2017年第6期）

记忆深处（三章）

陈方涛

草鞋

黑暗，让草鞋走向了战场。

应是意料中的必然吧。

跌跌撞撞地走着，就被对手视为大患，走着走着，

就成了历史大舞台上最闪亮的主角。

后来的结局，令躲在一隅，抑郁了终生的那个人在不尽的梦中也无可奈何地独立秋凉！

故事，已成了逝去的云烟，但惨烈的细节却久久让人回味。

虽然，草鞋已苍老得经不起轻轻一碰，但依旧有一缕深深的痛，疼到心里。

也许，它早该回归滋润的泥土了，于袅袅的炊烟里，亲切地牵住温馨的牛绳，踩在蛙鼓声声的田埂上轻呼儿郎……

只是经历了战争的人们啊，又怎能舍得放手，那些倒在泥泞血泊里的亲人，会不会再也找不到柴扉轻掩的家门？

红米

最卑微的一粒米，无意中滋养了一段历史的荣光。

能亲尝一口，已成了遥远的奢望，无论你怀着怎样的想法。

故地，早已竹林青青，茅草茂盛，只有在惊心的梦里，才能一睹它的身影……

其实，红米从未离开过我们，一直在默默地香着，只不过，我

们只顾着低头匆匆地行走。

却舍不得向温暖的源头，深情地眷顾。

纺　车

黄土高坡，成就了它的殊世功勋。

吱吱扭扭的吟唱，让陕北的寒冬，一暖就是十三个春秋。

如今，它已经老了，无数林立的高楼已遮住了它眺望的目光。只看那座骄傲的宝塔，清寂的窑洞，仍陪着它不离不弃。

纺车，时光里的一架神器
谁再上前抚摸那厚重的木纹
复活一页精神的传奇。

（选自 2017 年 9 月 7 日《伊犁晚报》）

广　告

陈计会

它是闯入者，以强行或温柔的方式介入现代生活，犹如那块无法绕过去的岩石，凸现在我们必经的路口。

我们只得学会适从或逃离，譬如频繁地换台。有时，它会以锐利的目光将我们的内心抓住，并且吊起我们的胃口，像一串水灵灵的红玛瑙葡萄，我们被它的美色所吸引，但不知是酸或甜。

在走向它的途中，一不小心就会掉进那早已埋伏好的陷阱，让我们丢盔弃甲，甚至头破血流；而它却在不远处媚笑着，搔首弄姿，让你的肺都气炸了，又无可奈何，因为法律的尚方宝剑也并不是所向披靡。因此，首要的是在我们内心筑起一道防线，不管外面洪水滔天，内心也是固若金汤。

但人们往往忽略的是，在一只蚂蚁的带领下，它用温柔的流水将貌似坚固的城池攻破，让我们的内心无处可逃。

（选自作者散文诗集《虚妄的证词》，北京燕山出版社2017年8月版）

许穆夫人：有关朝歌的思念

陈平军

“籊籊竹竿，以钓于淇。泉源在左，淇水在右。”
——《诗经·国风·卫风》

诗句中翩翩起舞的姑娘，怀揣故乡的女子，远走他乡
以无边春光节节拔高的乡愁，烘托出他乡的曲高和寡
一条河在意境里缓缓流动，闪耀着别人的意蕴
甘洌的清泉、悠悠的淇水，绿得深不可测
波光粼粼中，飘飘衣袂，搅动着吹向故乡的秋风，早已无所适从
长短不一的诗句里，绿意无边的倩影，临淇河而泣
洒下的两行珍珠的光泽，汇成的另一条
相思河，谁能令有关朝歌的思念更加意味深长
以父老乡亲模糊的背影
以无限延长剪不断理还乱的丝线
以下笔万言不知如何串联的诗句
作诱饵
垂钓
爬上日渐消瘦的竹竿的，是不是凌乱的半截炊烟
散乱的脚步，又能不能丈量出归乡的路途

（选自《大观诗歌》2017 年第 4 期）

时光折痕（二章）

陈茂慧

大暑：你不是我

窗外鸟鸣、虫鸣声不绝于耳，聒噪的世界不懂人间的清愁。

一只鸟飞到我的屋檐下，专注捡拾可食用的东西。有只弹弓对准了旁若无人的它，危险就在身边，而它毫无察觉。正所谓“鸟为食亡”。

我在一片三角地带徘徊，厚的城墙，厚的人心，最厚的颜面。

我走近你身边。我走不进你心里。

大，我所说的大，专与你相对。我的热烈程度比你的大，我的专注度比你大，我的阳光威力比你大，我的暴雨比你激烈，我还带着雷鸣和闪电。

我想说的是，这是三伏天，我的渴盼之心比你大，我的病痛比你深，我的悲悯比你强烈，我的借口比你牵强，我的谎言比你真实，我的真实在人间荒原只此一次！

真知在谁的手里？谁能满足庄稼们的焦渴和成长的欲望？

萤火虫在深夜穿越童年的幕障。城市的目光充满了潮湿的忧伤。

忧伤。今夜，我就着路灯混浊的光芒，将地上的影子数了一遍又一遍。

我的影子，它不属于我。我与我一分为二，有时一分为三或更多。分裂、复合、打乱、重组。

创新。创新。开创一个新的夜晚！

光阴不再，今年的大暑与往年的大暑，有着怎样的经纬交错？

落叶也有，果实也有。果实是你的，落叶是我的。而你不是我！

大暑时节，我是自己的火焰山，无心映亮谁的天空。

清明：叠音的名字

我一拖再拖。一篇久违的文字，数行清泪。

柳絮飘飞。天空低垂。如期而至的疼痛。

叫出一个名字，并不比写下它更轻松。它的叠音部分卡在唇齿间，多了一份艰涩，几许喑哑。

我要拆开它，把一个字分成多个字，把一个音节变成多个音节。它在唇舌间滚动，日复一日。有时它是一首绝句，有时会是长短句。总在不经意间吟出。

我要将它的上半部分与下半部分并排放置，让它们成为最亲密的兄弟或姐妹。我要让它们手拉手，心连心。

我在春风里沉默。宠爱的目光流连，泪水的节奏暗合不断闪烁的光阴。

再没有一个名字如它锦绣，再没有一句问候如它婉约。

我再次写到它——

用我内心的风暴抒写，用我经年的雨水抒写，还用我中年的悔愧镌刻。

啊，我再次叫出！不必等到清明这一天。

时光渐老——

一个人的生命史被另一个人记载、传播。

（选自《伊犁河》2017 年第 1 期）

从未如此接近（外一章）

——再读张枣《镜中》

陈波来

无需等她，再用小半生从河对岸游泳回来，用濒溺之心架上一株松木梯子，放出一匹认路的马。无需看她羞惭，退回到只影绰绰的镜子中。美丽。安静下来。

他翻检着抽屉，甚至把手伸进一个遥远的冬天。各种变旧的小家什，凌乱而又暗中刺手，找不到那场风雪。

无需……呵，如果能够往返，钢铁的呼啸仅需片刻。他要一场近乎粗暴的呼啸。

他要的是，在她的呼吸中呼吸，在她的心跳之上心跳。

——从未如此接近。

听 风

我们走到尽头。断崖，深谷，风。

一起听风吧。她闭上眼，说看见一些手，从风中掏出花团锦簇的城镇，道路，岸。

但是，我怕她听见我内心的松动。

我装作没听见，别过头。我怕她听见我的内心，早已风声鹤唳。

我怕她听见，流沙，落叶，崩塌的石头，正在风中掩埋住那些忙碌的手。

（选自《山东文学》2017 年第 8 期）

记忆如花（三章）

陈修平

记忆如花

记忆如花，如一朵含苞的花，欲绽未绽……

那花苞之门紧闭着——就像童话中的小房子，充满神秘，充满甜蜜，充满诱惑！

只有风，时而吹来远方的消息——令花苞上盈满的露珠阵阵震颤……

在记忆的枝头生长的花啊！甜蜜总萦绕着淡淡的忧郁，欢愉总缠绵着悠悠的感伤——如李商隐的诗，又似李清照的词……

风吹来的时候，花朵颤动不已，花瓣片片掀起，在绽放的花瓣中央——有一颗充满期待充满希冀充满激情的花蕊在迎风歌唱！

思念之雨，也在这如泣如诉的歌声中串串洒落……

思念如雨

望穿秋水——

伊人，依然以一种春天的姿态停留于心房之内，停留于梦境之中……

于是，这满腔的思念就化作这宁静的河畔长久的凝望——

伊人，你是否还会于水的中央翩翩起舞？是否还会于月光之下轻轻呢喃……

伊人，正因为曾经拥有如花的记忆，才会有如今这亘古不变的思念！

望穿秋水——

我迷蒙的眸中总噙满泪花。镀满银辉的河水，随着思念之雨的飘零，也漾开阵阵涟漪……

伊人，今生今世，注定我是你永恒的守望者，注定我的记忆之翅总也飞不出绵绵秋雨——永远囿留于你我相依相伴的日日夜夜！

风中的承诺

伫立在时间的边缘，我分明感到一种灵魂的颤栗。

秋深，游云似水，让我情不自禁怀念那段玉石般明净的日子。

花儿开在裙子上；

裙子开在窈窕的身材上……

我不会忘记风中的承诺，也请风转告月亮河那边的人！

现实是一条干涸的季节河。在秋天，你必须考虑冬天的事情，诸如木炭涨价、羽绒服夹稻草，诸如黑的雪、白的雪……

迅疾的风中，我听到昨日的承诺呼啸而过，留下几缕淡淡的馨香。

于冰雪封锁下，你能看到先行者血泪斑斑的足迹吗？

置身尘世，你必须能破译天籁！

（选自《辽宁诗界》2017年春之卷）

打坐的莲子（外一章）

陈敬松

要走多远的路，才能从泥泞走入一方晴空?

在一朵莲中打坐，由青涩到洁净的白，是生命析出的一颗舍利，一场又一场的风雨都无法将它焚化。

悟风。悟雨。

翻阅天空，翻阅大地，也翻阅时光里镌刻的无尽的苦难——

那生命里最长的经卷!

只是，心里仍有一丝的苦无法参透。

雨中听荷

在阳光中轻移莲步是一种美。

在雨中，抿紧芳香的唇保持缄默是另一种美。

此时，喧嚣被压低。

被阳光读过的那抹红与芬芳正被一滴又一滴的雨诵读。

在龙栖地，雨粲然如莲，悄然绽放，又悄然凋落，如恒久沉默的时间……

宁静如锦帛，再静一些吧，哦，每一滴雨就是一滴小小的寂静，而龙栖地，就是更大的那一滴。

（选自《诗歌月刊》2017 年第 12 期）

从一场雪，到另一场雪（外一章）

邵　悦

1

万物皈依寒庙，是北方以北的懿旨。唯独雪不肯归隐，关也关不住，像一群只等深冬才出生的精灵。自顾自地白，自顾自地轻如鸿毛。

从一场雪，到另一场雪，间隔千言万语，有多少动词凝固，就有多少伤痛终结，有多少形容词融化，就有多少爱意流淌……

游走的幻象也会封冻吗？横亘的时间何时被拆分？一小块一小块岁月的陶片，怎样才能重新组合成一大片历史？

2

两场瑞雪之间，我辨别不出哪一场兆丰年，哪一场有灾星。我在大雪里保持中立，欢喜过，寒冷过，爱过，怨过，也融化过。像雪一样纯白，水一样透明。我不否认身体表面的尘土味，草腥味，痛腐味，都是被雪祛除干净的。

爱雪也写雪，我写来写去，雪下来下去，和雀鸟在光秃的枯枝间飞来飞去等同，自主，自由，孤独之美，是我们共同的爱好。

可雪不知道我体内深度部位，还有某些酒色财气，像瘾君子，不定期开出艳丽的罂粟花，即便大雪天，也照样绽放，拿什么来剔除这些甜蜜的祸根？

“大者盛也”。雪色城堡，雪色公主，是否就能招来雪色的兰陵王，驾战车，披盔甲？雪好大，连思念也蒙上了一层厚厚的纯洁——杨雪舞，吻合了这场雪的名字，一顶桂冠蒙上巧妙的雪，就避免了一次恶性的厮杀。

3

面雪朝圣，我感觉到肉体和灵魂的不合拍，有多少雪花，就感觉有多少不可言说的愚钝。我一直在寻找生命中失落的部分，神性也好，巫性也罢，只要能把二元一体化就好。

雪没来之前，我四体不勤，生命满是荒芜和伤疤。雪过后，荒草被覆盖，疤痕变得白亮，也痛，也痒，但它发出微弱的光亮，让我坚信雪后会有阳光袭来。

生命过半，走过去，身后即刻发出咯吱咯吱的响动。不是我脆弱，也不是雪狭隘，两种异性事物相互碰撞、摩擦，定会发出形色各异的感叹：有赞美，有爱怜，有惋惜，也有共鸣。

你只管下你的，我只管笑脸相迎，或者朝你走过去。能不能到达你的心里，取决于融化后，再度凝华的六角星。而你，也并非一味的覆盖，一味的白，一味的轻……

4

从这场雪，走到另一场雪，我看清了灵魂的颜色——是的，是白色的。

我的灵魂大声对我说，写下自己的名字吧，在能承受体重的厚雪上——就叫雪舞。

要轻到一定程度，才能舞起来。轻，是对我多么恰切的赞美，轻得悄无声息，轻得不用梳洗打扮，轻得无花无果，无是无非，无名无利。

因为轻，我热爱所有重于我的事物，瓦片，碎石籽，甚至干枯的荒草，冬眠的虫壳。它们都是我随时寄居的大城市。大城小爱，没有它们，我这颗晶莹欲滴的心无处安放。

5

雪下过，我来过。恕我后知后觉，我准备不再向往江南的青黛色，也不再羡慕大河的流动性。乌蓬船，是我在江南的呼吸，渔网，是我在大河漂洗过的衣裙，唯独这大雪，我还未许给它任何信物，就这个名字刚刚好——雪舞，纷纷扬扬……

初雪，原谅了所有

1

初雪，初心的初，小雪的雪。

冬天一打开，你轻巧地踩着黄历如期而来，躲在二十四使节的队伍里，像腼腆的小姑娘，倒数正数，你都排不上第一的位置。

你鼓起勇气拂面，却换不来路人的得意；你倾情舞动，却换不来皑皑的纯洁；你被雨丝挟持落地，却换不来一块温土生长发育。

可你不怨言，不争锋，不吃醋，也不自暴自弃。天空没有蓝，你飞你的；大地收空了五谷，你落你的。

你说自己的语言，唱自己的白雪歌，融化自己的身体。只因你自我剖析得纯粹彻底，冬天之王加冕了你一个名字的桂冠，小雪——小姑娘。

2

因为自身的小，你原谅了其他的小，和所有的大。

你原谅了小草的小。在最后一场秋霜中，她失去本色，全部枯萎的面容，一碰就会碎掉，尚且发白的根，封冻漫漫冬夜，等待重生。

你原谅了野花的小。她野来野去，也没逃过秋风粗暴的飘摇，只有蒲公英，含着自己的种子飞向天涯海角。

你原谅了小鸟的小。小小翅膀无数次打开蓝天，羽毛会在不经意间遗失他乡，一轻再轻。快乐与痛苦，如影随形。

你原谅了比你还小的尘埃。她极早就被速冻起来，飞不到空中，也入不得深土。

你原谅了大树。树大招风，也招摇。繁茂，无非是替根部宣传深度，和广度。

你没来之前，多余的叶子就被发配边关，留下的归根，也算不上入土为安。树梢赤裸着伸向高空，更加摇摆不定。

你原谅了大江大河。他们时时吟唱自己的悲歌，随波逐流是无奈，也是生存之道。

多少泥沙声泪俱下，多少游船逆流而上，顺流而下。至清的水，连鱼虾都不光顾，清澈再三，为哪般？

3

因为像姑娘，你原谅了所有的柔弱和坚硬。

你原谅了垂柳的摇摆。柳枝的腰身软得像骨骼缺失，青睐河流，或旖旎风流，都并非本意。在生根之前，就被本末倒置了。

你原谅了小溪的见硬就躲。溪水日夜潺潺，一块一块爱抚山石，一缕一缕亲吻荒草，只为穿过隧道，倒挂悬崖，一滴一滴穿透青石。

你原谅了山石的粗糙性格。没有粗糙，时光怎样打磨成针？没有凸凹的摩擦，谁的激情会独自迸发火花？

你原谅了所有事物的芒。草芒里隐忍英雄的影子，也是烈焰的前身。麦芒里有五谷的庄严，也有守望者尖锐的目光。

你原谅了刀子的锋利。锋利自卫，也自残。抽刀断水，刀也生锈。快刀斩乱麻，也斩断相思。

你原谅了粗野的汉子。不再鄙视他们大碗喝酒，大口吃肉，原野的粗犷在酒碗里坦坦荡荡，原始的本能，在咀嚼里壮骨生津。

4

小雪过后，牵出大雪，把一切覆盖，唯独你原谅的事物，越来越突出，盖也盖不住，像冬天藏不住春天。

小姑娘过后，长成大姑娘，哪一座山不被融化？哪一条河不被趟过？生儿育女，五谷丰登。

小雪大雪又明年。

（选自 2017 年 12 月 24 日《铁岭日报》）

沉　寂

邵　超

那么多，密密匝匝的。蚂蚁们聚在一起，在干什么？游行，聊天，吵闹，嬉戏，歌唱，赶庙会，还是在跳广场舞……这个王国一定喧嚣而又热闹，可惜我听不到。

月光在夜幕下倾泻，一如瀑布。却不知有多少个三千丈，苍穹之下都是飞流直下的声音。仰着脸，侧着耳，屏气凝神，可惜我听不到。

骏马在草原上驰骋。嘶鸣一定嘹亮高亢，啼音一定惊心动魄。草原太广阔太空旷，空旷得只能让一个人，站在远方遥望。嘶鸣和蹄音一定在呼唤我，可惜我听不到。

所有微妙都躲在沉寂里，所有神奇都藏在沉寂里，所有喧嚣都隐在沉寂里……

就这样，我跌入了一个沉寂的境地。

不能窒息，我要冲出去！冲出去，去拥抱尖叫的蚂蚁，去沐浴倾泻的月光，去驾驭嘶鸣的骏马。

（选自《延河》2017 年第 5 期诗歌特刊）

家在洪洞槐树下

武　稚

一

问我祖先在何处，山西洪洞大槐树。祖先故居叫什么，大槐树下老鹳窝。

关于这次迁移，我知道得并不多，只知道空前绝后，没有抗争和殊死搏斗。谁的脚印踩痛一个个血色黄昏，谁的身后是再也缝不拢的乌云，谁的胸口有箭镞一样的伤。

我的祖先也在其中，祖先的啼血和大雁一同发生，祖先的泪水，转动了一千年后的水车。

大槐树把目光拧成了一根根绳子，大槐树看着他们像逃犯一样被捆缚、被驱赶、被日夜兼程，大槐树想呐喊、呼叫，大槐树却只能把水分一点点缩回根部。

这一走走了六百年，这一走走了几千里，远去的风，最终也和他们失去了联系，落日弯腰，也再摸不到他们的身影。防风的灯罩，请为他们聚拢一点点灯火，那些扶老携幼的人，那些用拙劣技法求生存的人，多么需要这些破碎的温暖。

也总是在门前种下一两棵槐树，那些碎片、那些遗迹，那些斑驳、纷乱的表情。大槐树，有一天我回去，你还能不能辨认出我外省的口音？

二

我不是最早回来的那一个，也不是最晚回来的那一个。风在回家的路上，跌跌撞撞，600 年来从没有停息。

从一个卑微的河汊里走来，从一个欲知未知的梦里走来，让我们向历史的阴影行大礼，让历史在阴影里默哀。枝柯间藏有多少颗种子？黑暗中埋有多少盘根错节？多少双眼睛拨弄着树叶，多少双脚印踩乱了岁月？风暴曾经想撕裂过它吧，雷电想劈杀过它吧，这棵比桃花还美的树，用苦难和微笑装饰着岁月。

请原谅他的无语，那个失声已久的人，已难以拨响他心中的琴弦。也请原谅那个迟钝的人，他用最后的抵达，摧毁了他一生的美丽与等待。激动之后，战栗之后，暴雨和溪水还得四处奔走，这孤儿一般的雨水，它不再担心，被蒸发殆尽。

老树没有挥手作别，在逆光里，它高擎着铜枝断臂。我大概能懂得，它想要表达的是，高天、厚土、繁衍、生生不息。

（选自《天津诗人》2017 年春之卷）

恩雅·麦田

青 玄

早熟的麦田挣脱六月摇篮。百里瀚海，涌出波光，律动如潮。

鹰，压低翅膀，盘旋，就要和自己的影子相撞。2000米之上的丰谷，视觉恍惚。

羊毛剪子剪出草原的涟漪，太阳的手揭去寒冷季节荒凉的外套。数不清的秘密，数不清的羊，数不清的叩拜，问卜唐布拉百里长廊，谁执掌天庭一枚玺印，许诺这方水土圣洁长袍？

冬不拉的弹唱里，一顶毡房就是牧人的一座精神庙宇。

奶茶里的盐，扎下麦子的根须。

荒野同样是锋利的。

请别停止，麦子垂首的敬意。金属之光，赋予泥土、溪流力量之源。在每一道河湾、险滩，每一处游牧的等待与生存之间，每一株昂起头颅的麦子就是大地拔向戈壁的剑——

它的吞咽，流水一样持续。

当炊烟升起时，清凉抚摸着大地，村庄像战利品并排站着，在自身的光中挤出黑暗，它们从砾石间堆砌出真理。

麦田献唱，脉搏里的血流，金子在闪耀。

（选自《诗歌风赏》2017年第1卷）

真实与虚构之间（二章）

若荷影子

清晨第一缕阳光

迎着阳光，我在晨光中步行。第一个向我问候的是风，它拂过我刚洗过的脸。一路之上来往的人群，怀着各自的心情，各自的表情。仿佛没有一个是真正快乐的人。谁能预料到明天谁又会发生什么。等到达目的地的时候，满脸的灰尘，写满一段路的磨难与困惑。

彼此便有相反的心思。当各自远离，她在镜子里面总是和我反方向，越走越远。

我想，我是一匹野马

野野地在自己思想里狂奔的野马，终于落户在一段文字里，痴心妄想。得了妄想症，野马便转变成一尾畅快的鱼，在自己的气温里一边爱，一边笑。

（选自《天津诗人》2017 年春之卷）

叩击鹤壁（外一章）

范恪劼

有鹤于飞。

翅翼一展就是一场雪。纷纷扬扬，三千年的天宇，卫灵公放不放鹤都是附注，鹤才是永恒的原旨。

就像，高洁仍在高洁处固守，吉祥仍在吉祥里漫溢。

壁立。鹤立。

在一面旷世之壁前，我，不愿学仙人乘鹤遁于渺茫。只想，以心叩击。

叩击，以一只白鹤的嘹亮烛照吉祥福祉的脉络，

叩击，从兴衰更替的回声寻找龙族复兴的纹理。

花窝薪火，大赉拓荒；武丁迁殷，朝歌立都；武王伐纣，牧野之战；卫国崛起，康叔治卫；赵国兴迁，黑山聚义；浚县惨案，石林会议……

蓦然间，我听到亘古的南山石壁开口说话。

说时移世易，古韵已入今风；说由璞而玉，石壁化为明珠。

鹤飞壁立，书册永在，回翻你可以神往一部豫北厚重典藏；

山青水碧，画册常新，流连你可以陶醉一卷太行美丽梦境。

抚摸淇河

没有更奢华的流水。

一部《诗经》做河床，三十九枝万年花，风雅颂其左，赋比兴其右，悠悠者浮银，粼粼者耀金，流而不逝者炳焕其心。

淇河，你岂止是一道流水？！

在中原，在中国，汤汤而悠长于你，浩浩而宽阔于你，不可胜数。而一条河流的历史文化涵载量，总是以不可丈量而不胫而走。且源远流长。不能不伸出我的好奇我的震撼我的敬仰，却不知道从哪一段来亲近你的妩媚与瑰丽？

攀上青岩，我把敬仰献给太极图阴阳二鱼；探入许家沟，我把好奇承奉《水浒》和《三国演义》；步入云锦寺，我把膜拜捧进傅山杏坛，红杏林青。

匍匐在人间烟火中，淇河有着尘世最婀娜的身段。三五步一阕云白岸青的潋滟，一二里一首安居生祥的乐章。无需归隐，皈依于蒹葭苍苍的每一个来者，都有自己的在水一方，都有自己心中秘藏的倩影。

罡风到柔风，剑雨到细雨，更迭的岁月未曾老去。

线装其形，琴瑟其韵，只以无尽的丽水，供你掬之以为墨，在盛世的荣光里，“寸心不可限，淇水长悠悠。”

（选自 2017 年 5 月 20 日中国诗歌网）

落花流水皆莫问

茅林洪

双手合十。

尘愿就在身前身后的红烛上，高一声，低一声亮了起来。

忽深忽浅的光芒，突然就让你孤独。让你感觉像一棵被逼到深山的老树，纷纷落叶。那么多苦痛的愿望，突然就约束不成一声祈求。

再平静下来时，你却泪流满面。他们说，海峡太宽，对岸太远。他们说，那边的灯火太亮，亮得让漂泊的心情风高浪急。道路太宽，宽得竟走不回一个离人。而你却不肯让心里的思念挪远一寸。

你只是要告诉他半山腰的老屋。竹林掩去一半。另一半，可以藏他一生的沧桑。

俯身求佛。

佛说：你要山，山就高了起来。

你要海，海就深了下去。

你要一次相聚，就等三百年。

你双手合十，如刀切向胸口。再问佛：以血相求呢？

佛无语。

那就让寺庙变成村庄。让圣洁的光慢慢敛入你的体内。让你重新变成十八岁的少女。

不吹长箫，不执横笛。

再让青春的脸庞，一点一点淡去桃花的红。再让柔软的乌发一点一点白成雪花的白。再继续一场山高水长的等待。

一千年，算不算太长？

（选自《核桃源》2017年第1期）

高楼留下园丁的步履（外一章）

林登豪

城之地平线上留下一片又一片的高楼大厦。

独坐 504 单间的桌前，手执红笔，涂涂改改，双眼眨了又眨，我的心湖荡漾玫瑰般的笑靥。

一行行文字从电脑程序输出，犹如一垄垄茶畦，散发诱人的色泽和清香，把一颗颗心旌插上精神向度的高地。

从形式到内容，一个个汉字演绎出种种人生，也照亮了自己存在：人和事！

化妆间的大镜映照出不常见的喜悦情绪。

在高楼，我的思想搅拌成巧克力般的浓汁，辛勤地耕种。

突然发现那畦田垅，长出一阕神曲，惊喜、兴奋不已，催促早日变成铅字，全方位传播。

时光的天平左边是词语，右边是句子，命运的裂谷中，流出一行行思絮。

何处清澈？何处混淆？自有眼神的光芒追踪！

在高楼某单间的窗前，我在，文章在，园丁在自觉地耕耘。

一种存在的感受在闪烁，我在，在为他人作嫁衣裳。

我自豪。我辛勤。我陶醉。

街头，如约祝英台

在电影广告上看见你，你是我熟悉的陌生人，犹如细脚伶仃的白鹤。

我向街边行人讲解自己的世界，演绎自己的思路后，邀两只蝴蝶与我同时穿过斑马线。

站在你的左边，再站到你的右边，瞬间，许多人都站成一片森林，我站在巨楼前的花盆边，猛然相信，缪斯的青铜琴弦上流出的旋律，不是最轻松的。

在雷声的伴奏下，我与你的心灵共舞。

在倾盆大雨中——

我向长空祈拜，

我向大风祈拜，

我发现所有的内涵都在其中。

蝴蝶又在飞舞，我拒绝在归途上倾听每一个人的心跳，因为我的一切都突然模糊了。

思索只好邻山而居。

蝴蝶在交叉路口相守，用神秘的语言交流，似古典民乐《飞花点翠》……

（选自《山东文学》2017 年第 10 期）

我看到的黄河在跳舞

雨　兰

我看到的黄河在跳舞。

她在煦暖的春风里舞，在灿烂的夏夜星光下舞，在明媚的秋光中舞。她从春天跳到初冬，舞出金黄的麦浪滚滚，舞出茂密的青纱帐，舞出金子般的大豆、雪白的棉花，舞出洁白的稻米清香悠悠。

我看到的黄河在跳舞。她且舞且歌，且歌且醉，且醉且行。舞蹈的节拍，流畅又恣肆，高昂又低回，烂漫又热烈。她是身怀五谷的母亲，黄河，她敞开的怀抱广阔、坦然、坦荡。

我看到的黄河在跳舞。她舞蹈着，风姿翩翩，风神超迈。她不断地变幻着舞姿，有时是少女的清纯与烂漫，有时是少妇的妖娆与妩媚，有时是母亲的磅礴与宽厚。她迷醉着，也欣悦着；她战栗着，也沉静着；她狂喜着，也静穆着……

我看到的黄河在跳舞，在我的眼眸里，也在我的胸口上，在广袤的华夏大地上，也在我滚烫的血脉里。

（选自2017年8月10日《今日兴义》）

到开阔里去（外一章）

雨倾城

水随天去。麦田正黄。

它低低地流，静静地流，往返古今。收集岁月，心意，转折，甜蜜，荣枯，岸边孩子新鲜的脚印，以及不眠之夜，深深疼痛深深誓言。

它感觉孤独，轻轻崩溃，被绝望的深渊逼至绝处，但不说。

它记得“日之夕矣，羊牛下来”。

它与岸边赤脚洗衣的姑娘嬉戏缠绵，并交换生死。有时夜半，追赶中原奔跑的雨；有时痴迷于黄昏，看走远的人，不回头。

桃花几重。同行稀疏。

所到之处，不知是何年。

疑虑。忧伤。愤懑。必须释怀、奔跑，呼啸；必须放下眼泪，到开阔里去；必须遂我心愿，到更远更深处，长成一片汪洋。

就那么流淌。从天边来，到天边去。

浩浩天地，只余一脉古今。它是无数真心期待的眼睛，它是无数波涛深爱的集合。

我爱它无可替代的安静

鸟飞尽，人踪灭。时光，如雪消逝。

身后，一只船，悄悄停泊。

一层层铺展。苇在水里简约，沉浸着金黄的喜悦，它们在有雪无雪的日子里飞，它们在蜿蜒崎岖的风里飞，它们倒伏，站立，在我的心底说话……尘世磨难，忽略不计。

止步于水岸，有那么一刻，我安静的时候，它们也安静。

我们不说话，也有正在发生的世界。

湖水凛冽，脚步逶迤，一棵棵芦苇，被岁月吹凉。

我越来越小。

风吹衣袂，风吹万物。

吹，又生。

思想和思想之外，苇和我轻易遇见自己，又归于四野的空旷寂寥。

一棵苇，有一棵苇安静的原因。

我，也是。

这苇荡。这尘世。多少次，我轻轻闭上眼睛……时间深处，到底——

发生过什么？

无尽大地之上，船走过。

我离去。

留下的，只是静谧。

仿佛青春从不曾有过波澜，仿佛除了逝去，再也没有其他的人生。

（选自《诗潮》2017年第10期）

鸡年之后（外一章）

周庆荣

鸡年往后，天就会是亮的。

仿佛黑了许久，仿佛从此光明，我在黎明时分踱步，看到庭院里的雄鸡飞上了树梢，它们然后啼鸣。

希望不能如此寄托，我向东方望去，天际正游动巨鲤，它翻了个身子，让人拥有信心的黎明被古训形容成鱼肚白。时光已及时光里那些沉默不可言的部分，是巨鲤下面的水。

船与舵手属于光荣的叙述，礁石与波浪重复着游戏，水草随时都有，它们的方向与水流一致。

雄鸡一唱，一切都会好起来。

今后，人民的岁月不能鸡飞蛋打，因为祖国拒绝鸡犬不宁。我在黎明踱步，原谅全部的黑，只为了相信光明会照亮我们热爱的田野。

在雄鸡吹响号角的时候，醒来的和梦中的，露水如霜，但我们一起不冷，因为光明正在被唤醒。

烟花之夜

夜晚，北风呼啸而过。

留给这个庄园的是烟花绽放后的味道，总有一些特殊的时刻，人们聚在一起，制造硝烟。

时光如沙，它认真地与每个人发生关系。

指间漏走的成为往事，我一边看天空中烟花的绚丽，一边握紧右手，我要握住一点旧时光。

握住泛黄的照片，相爱的人牵手，街头的十字路口，不彷徨只期待，红灯总会变绿，青春定然一路走过来，走到这个夜晚，看天空的硝烟纪念真理。

硝烟是良药，专治麻木不仁。

一个人远离另一个人已经很久了，如果硝烟能够让我们集体地仰望，我会从此记住人性里的这一次火树银花。

广场是城市的自信，它反对人们在自己的灯光下各自为政。

烟花绚丽，我是人群中的一员。

北风想冷，我愿意热烈。

（选自《散文诗》2017 年第 8 期）

相　信（外一章）

庞　白

那些声音，从大海深处冒出来，又似乎是从沉厚的云层后垂下。

如无数狼在叫嚎——不尖利，不高亢，长长的，低低的，没有尽头。

声音中有一只手，不知不觉伸进喉咙。那手不急不缓抓着，不动声色扭动，不可阻拦地往更深处挺进。

天空阴沉，海面灰茫，起伏的波浪和那些声音一起，有节奏、快速地一次次淹过船舷、船艄以及海里浮现的东西。

它们缺乏美感，消解着我对大海仅存的一点美好。

它们不讲道理，突如其来，和父辈遗传的某种基因一样，覆盖了我的一生。

在海里，我相信它们，正如相信命运。

——而船，仍然以每小时十节的速度在大风浪中行进。

至今仍如此。

这也是我必须相信的。

汹涌的石头

萌生于高原雪山、行走在无人之境的流动，一千年，一万年，所有混浊和浑黄，流淌到此，竟然站了起来。

这是谁也始料未及的——澎湃、高亢、低陷、光亮、阴暗……瞬间回到初始。

它们把时光搁在天上，抛到身后，只荒芜、粗砺地互相凝视。

远处，脚下，是遥远的地平线，是崭新的黄色山川，是缓缓流动的古老黄河和长江，是未来世界的靛蓝天空，是一些意蕴丰富的云，从左边飘来，往右边飘去……

是哪一朵云，经过人间，来到湖底？

是哪一朵云，深入石头，诉说人间的消息？

（选自《海燕》2017 年第 5 期）

白鸟湖（外一章）

弥　唱

其实，我从未见过它。在初夏的清冽和优柔之上，它始终活在我的想象里。被光折断的树叶上，绿色昭示着六月的意义，绿色簇拥住这整个湖泊。这一面希望的湖水与我连绵的惶惑对峙，这一面神谕的湖水定义着我眼中的万物。湖水中，这我写满年少情景的日记本早就被浸湿了。那些与你有关的青涩光影。

湖水知道一切。当手中的请示被六月的汗渍模糊；当通往九楼的电梯里，调匀了的呼吸一再被同窗的秩序打乱；当那门前拥堵，历史的风吹皱了两个人的政治；当会议室里，一把椅子沉默着改写课本上的指纹……湖水看懂了一切：那扎着小辫朗读童年的人不是你，那镜片之后以纯白凝视黑板的人不是你，那总在左边的供我倚着被我挽住的异己不是你，那与我合唱过花季的少女不是你。

湖水必定荣辱不惊，深藏天空的密码。湖水保存着两盏身影。而白鸟来过多次，带来闪电也带来叹息。在这同一只白鸟身上，你纯粹的嗓音已经被时光磨旧了。

我从未见过它。这被你命名的水域，承载着玫瑰的回声。六月，薄暮和霞光会泻进人间。远处的白鸟湖上，两个少女翩翩。她们牵手，相视。她们就此别离。

笑忘书

当夏天终于露出锁骨，当饥饿感成为安全感，她又重新爱上了镜子。镜子虚怀若谷。那总是罩住她的一道光，是墙壁还是钟表发出的？镜子里有鱼玄机的假象。

“昼夜都是一样的疏淡”。她这样想着的时候，镜子忽然暗了下来。镜中的眼影和唇彩暗下来，白衬衫领口那钻坠暗下来，耳后的“香奈儿五号”暗下来。她哼出的一句《西风的话》也暗下来。她的眼中，玻璃的隐喻和远方的屋脊全都暗了下来。三十七度的早晨，她需要垂下头来，把愿望降到最低才能打开门走进他们的尘世。

从来都只有这束着马尾的影子陪伴着她。在虚妄的晨光里，在背离夏日的树荫下，在拥挤而空无的经过桥和隧道的班车上，她反复自我磨损着：被人事数据覆盖的她对峙着被钢琴旋律淹没的她；与肖邦起舞的她躲避着与文字纠缠的她。那人群中的寂静之声不是她的。在路过的这段人间，七月的讶异声总是先于她预知落日。

她其实不知道还有没有远方。这个七月，蓝山的消息都被庸常之风吹散了。那途经芦苇荡的风，染上蝴蝶颜色的拉扯江水规避经文搅动理想的风，韬光养晦的风，把远方变成了一个词。她的哲学被风弄乱了秩序。

她依然低着头，想要垂直于一张稿纸。在镜子的深处，中年的风暴被七月拦截。万物都凝滞成那一个潮湿的词。

（选自《星星》2017 年第 9 期）

无雨的春天

赵正文

姐姐，我必须告诉你，我已把一个个干旱的日子，用心灵的线装订成册。等待某一天，在某个页码 或页码的夹缝，渗出雨水，冒出绿意。

姐姐，我必须告诉你，我已习惯这枯燥的职业，这惯常的理性；我已认准一片叶子，或一缕阳光，我要做他们的侧影，或者比这还要谦卑；我已学会对每一个日子，每一种境遇，心怀虔诚。

日子丰盈而平静。我正和一缕风对峙，借助一缕滑落的阳光，我们彼此会意， 传递微笑。天空很蓝，但深不见底。

姐姐，我必须告诉你，在我们相认之前，雨水不会提前到来。

（选自《核桃源》2017 年第 4 期）

彼　岸（外一章）

赵克红

彼岸有水而我们背水而生，思想之麟反复于天空的彼岸，河流的彼岸，穿梭于混沌，不辨你我。此岸有鱼彼岸有鸟，此案有鸟彼岸有鱼，河床安稳水草丛生，蓝天端坐白云盛茂。

暮色已临，灰涩的天空布满犹豫的情种，无可奈何无可奈何，垂下双臂轻拨柳丝，有一种夏的啁啾和繁阴从中刹那放飞又杳然逝去，面对面说了什么，不说什么，不用再说什么。幻想仿佛生来翠绿，萌发三月之想四月之梦。

从阳春进入晚秋，年轻的你从身体里找寻到永恒光芒的诗歌，谱成大音希声的畅想曲，充盈整个宇宙。让火山重新爆发，记忆喉咙上疼痛的火焰。我的泪水已洒满我的季节，我的泥泞，我的山峰。星辰皆入我的怀抱，我又将以黑夜之行迹无言独白。那片干裂的土地青黄不接地种植春天那崇尚阳光的预言。而我们就是渴求泉水的黄苗，不去祈求土地与赐予，返入重叠的影子，塑出两个丑陋的泥人，那便是我们供奉的上帝。

静静地沉入内心，任由风来风去不许幡动。那把无弦的吉他总是在黄昏弹起，春水依依，秋水涟涟。那颗红樱桃虔诚地吸吮阳光之爱……

转身，归去。路从我们的脚下延伸流逝，高高的超越过头顶，超越目光的终点。视线无可找寻，汇入时光之河……在这凛冽的季节，我们依然唱起那首心中不灭的长歌，等待残冬的霜打，种子深深地深深地包裹此生此世的爱与修行。

谜 语

月色仍旧凄迷，像在诉说一个银色之谜语。踩着月光的影子，他的思想正陷入极大的迷茫。

黑沉沉的天际，没有寒星点点，只有下弦月之朦胧。黑暗中的寻觅被冻结在分秒之上。黑暗中的等待更是比等待更加黑暗，比黑暗更加无底。你伸出虔诚的手，推不动夜，移不开夜身体上一丝半毫的黑色羽毛。

夜的抑郁毫不怜惜，也毫不吝啬地放纵扩散，在每一处角落，每一厘米的身体内部肆意繁殖。沉默是净化了的软体动物，来去于无知与有知，无情与有情之间，最后横亘于他与她之间，雾气放弃躯体，缭绕盘旋迷惑寄居于身躯与心之深渊。他们一直任意地转换话题，改变方向，他们走上桥，又走下桥。仿佛所有的话都已说尽，又仿佛是什么都不曾说……

月色仍旧凄迷，像在悄悄解开被月光覆盖的谜语。

（选自《中原散文诗》2017 年第 2 期）

淇水往事（三章）

郝子奇

金山寺

淇水，没有断桥。那只敲开许家沟柴门的纤纤素手，应该涉水而来，牵着朴实的后生，他们一块在金山寺，聆听了诵经的风暴。

断桥是后来的人修筑的。历史出现了裂口，爱情如何弥合这漫长的伤。

金山寺下。淇水干净。

岸边。延绵的竹林，足以安放等待千年的缠绵。大风吹饱的谷穗，足以喂养人间的爱情。这时候，只需要男耕女织，就是幸福。

我来。已找不到宋时的门环，去验证一场爱情的悲欢。

那时候，风动云低，衣袂飘飘，纤弱的白素贞，抱定万劫不复的决心，敲开金山寺的大门，人性的淇水，在她的身后上涨，汹涌澎湃。

那场传说中的大水，已退却多年。

那些被洗白的岩石，只剩下沧桑的苔斑。它们的沉默，让一场刻骨的见证，成了秘密。

复活的野草上，开着白色的菊花，一只又一只蚂蚱，在现代阳光下，振动着翅膀。

寺院深深。没有了法海。

没有了白素贞。也没有了许仙。

仿佛，一场大水之后，人妖在爱情的奔跑中同途，走到了西湖，再没回来。

多少年，一切都在历史中老去。

只有不朽的爱情，在不息的淇水边站着，

如初。

注：金山寺位于鹤壁市淇滨区淇河岸边，是白蛇传故事原发地。

桑　园

采桑归来的女子，一定看到了卫懿公放逐的鹤，收拢了江山的翅膀，在岸边，等待

黄昏。太行山低下了巍峨，被风吹开的缺口，正传来战马的嘶鸣。

一页历史，就像淇水拐了一个弯。曾经的繁华，在河岸尽失。只留下一个村庄，石砌的小院里，那些啃光了桑叶的蚕，从千年的茧壳里飞出，成为蝶。

我。在千年之后，看到了那些采桑的女孩。她们在树上蝶一样跳动，叶子上的绿，成为她们微笑的理由。

此时，贪吃的蚕虫，在小院叶子上，发出婴儿吮奶般的吃响。

仿佛，一切才刚刚开始。

飘过来的白云，被淇水打湿，仿佛要起飞的蝶，在水里，打开轻轻的翅膀。

这时侯，桑树上，有一些小鸟在等待青涩的桑葚成熟。

如同，这个小村，几千年来，一直等待着土地上拔高的秋天。

注：桑园古村落位于鹤壁市淇滨区淇河边。

朝阳寺

我不去想象，千年前的阳光，灿烂在这座山上的时刻。

孤独的帝王，远望着自己的山河，在阳光下繁忙。
或者，在最后的冬天
等待日出。

那时的日出，已经落了两千多年。

现在，凸显在沧桑中的，仍然是坚硬的太行山。仍然是太行山上低微的
野草。仍然是
高过野草的那些没有名字的
野花，它们的绽放，掩过了
辉煌和败落的王朝。

一座寺，悬在太行山，是一段历史的标点。
之前的故事，已被岁月省略。
之后的历史，正在叙说。

叙说的，是风雨，正在掠过太行山坚硬的胸膛。

叙说的，是流水，正在带走瓦片上滴落的阳光。

叙说的，是变迁，朝歌已古，更新的繁华，正在掩埋了朝歌的泥土上展开。

叙说的，是飞翔，一只年轻的鹰，掠过了古老的寺，被太阳点燃的翅膀，正在扇动更辽阔的天空。

而我，在天空下。

寺内的断碑上，米粒般的佛像，闪烁着卑微而强大的佛光。

我，低下自己。对留下的古老充满了神秘，而对年轻的飞翔，充满了向往。

注：朝阳寺位于鹤壁市淇县境内。相传殷纣王帝辛曾多次登临朝阳取暖。

（选自 2017 年 5 月 17 日《河南日报》）

桃花季

荆卓然

春天艳福不浅，娇柔的鲜花成群结队，像一群姑娘的羞涩，灿然开放。蓝天上的白云，也组成了微笑的形状。一朵朵桃花，正在梳妆的新娘。

在刚刚睡醒的太行山脉深处，我心中的蟠桃园含苞欲放，仙女们正准备推开青春的窗户。谁能知道，这些姑娘是为了谁而双颊含春。谁一个不经意的回眸，将我绊倒在梦乡。

花开花落，谁也无法改变。这些桃花的出场，就像校园的一场文艺晚会。

佳丽们在台上风情万种、载歌载舞。我和一群男生的双手，鼓出了浩荡的春风。

一场春雨惊扰了没有打伞的佳丽。这些带着雨水的桃花，喜极而泣的姑娘，

让忽然涨潮的黄河，冲塌了我内心的河堤。

（选自《山东文学》2017 年第 10 期下半月刊）

春天的溪水（外一章）

草馨儿

春天的溪水，从鸢尾的蓝花瓣、杜鹃的红花蕊，

从叶脉，从草尖，一滴一滴，蜂拥而来。

花的香，草的香，风的香，在漫溢的溪水中浅唱。

小猕猴，小山雀，小蜥蜴，所有小的生灵，在溪边嬉戏。

看到这些，我的心在甜甜地哭泣，所有的创伤都在愈合。

生命，亦如春天的溪水，温软地流淌……

直到下一个春天把自己唤醒

芦荻以雪弄影。

风是它的心跳，水流是它的琴弦。

再过些时候，所有的语言都将缄默，大片的箭镞插过心头，蜕化的脏腑，会遇见更多的霜寒。

琴弦滑过的地方，低沉的曲调，刚好适合打坐。

诵经，搓洗心脉。

反复，反反复复……直到，下一个春天把自己唤醒。

（选自《山东文学》2017年第6期下半月刊）

我要拨打一些被人遗忘的电话号码（外一章）

胡刚毅

而我要拨打一些被人遗忘的电话号码。

我要拨打小溪、青山、森林的号码，倾听纯洁的心声和绿色的语音。

我要拨打华南虎、黄腹角雉、猴面鹰的号码，询问她们为什么不辞而别，至今不归？

我要拨打蓝天、白云、日月、星星的号码，听她们叙述记忆中美好的事物和故事，听她们叙述咳嗽、感冒的痛苦和怨艾。

我要拨打江河、湖泊的号码，告诉她们一些强身健体的锻炼方法，老态龙钟、步履蹒跚怎么走向明天？

我还要把电话拨向恐龙、红鸭、蓝马羚……用我嘶哑的嗓音，给她们唱和平鸽之歌，共享音乐旋律的一绺阳光和一泓月辉

她们，是我亲爱的一见倾心的朋友啊！有的走失多年，杳无消息；有的忧郁成疾、瘫痪在床……

告诉你，我的手机是红色的，是我掏出了自己泣血的心。我不厌其烦拨打那么多电话，都是忙音……查无此名……

唯一打通了的，在那头接电话的，却是我的一个翠绿的梦！

山中岁月没有浪花

漫长的孤寂而忧闷的山中岁月，每一年的三百六十五天日历。是风，一张张翻过或抓破；是雨，一张张濡湿或揉碎。太阳打上印戳就寄来晴天，乌云涂鸦就送来潇潇雨夜。各种动物，在每页日历上，书写错落有致的花瓣形足迹；各种山鸟，则在树梢，静静地啄

食每个酸涩如野果的日子。山路，搭在一座座大山的胳膊上。是琴弦，拨不出鸟唱；是箭弦，飞不出鸣镝……

花蕾悄然绽开！春，努起嫩红的嘴唇要亲吻谁？夏天，绿叶的字母整天拼写，知了在一遍遍地念。山果的句号是秋天画的，乔木举起手匆忙采集秋色。冬，树一个个赤裸裸的，而大地盖上了厚厚的雪被。山里的四季，变幻在岁月的魔术师手上。

山脚下，撒落着一堆茅舍土屋。乳白色的炊烟，牵走清晨，扯来黄昏。炊烟的源头是每户人家的灶头，像溪水流向碧蓝的天空，静悄悄的、静悄悄的，没有浪花、没有喧哗……

（选自 2017 年 6 月 8 日《江西日报》）

月光百合（外一章）

南小燕

当皎洁相遇娇媚，闲散的星光，淡淡的清香把我的天空骤然照亮。

雪白的花瓣，鹅黄的花蕊，在夜风的鼓动下，有着绝世而独立的高雅。热血以纯净的方式流动起来，曾经的困惑和迷茫云一样舒展，一切的浮躁沉下去，万千的温情涌上来。

我仿佛抓住了美丽的星光般的命运，在这个时刻，开始热烈的畅想，远方真实的像一场无遮无拦的梦。月光百合，敲打着没有尽头的诗歌，让谁在嘹亮的夏夜，将红尘抛到东篱之外？

我愿你以一滴纯洁的光芒，指引我前方的路途和眼睛。让一些不可避免的风浪，漫过心灵之堤，与你深情注视，彼此交语。

于是，我的真情奔涌不息，那些人在旅途的困惑，一生的离愁，正在被一朵花温情地解读，我仿佛触摸到一双宽容的手，正在抚平堆砌在心里的那些疼痛的骨头。

独坐月夜的恬静，我闻着那香，所有的愿望日夜兼程，插上了天使的翅膀！

梵音里的畅想

一首，拭去生活的浮尘，

二首，送来你织的云锦，

三首，道尽人生的悲喜……

在一个空间，听梵音。

我把夜色在逆水的船里摇晃。黑暗淹没了所有的表情，那些爱我的，恨我的，还有一些熟悉或者陌生的面孔，潮水般涌来又海浪般退去。

人生的诸多悲喜，此时，可以选择想起，也可以选择忘记。

关闭双眼，不需要看见什么，此时拥有最明亮的心境。

活着，原本不需要太多的赞美，虚荣如尘埃，每个人都是白纸上的一个符号，每个人都需要保持这一清二白的纯粹。

情爱痴缠，功名利禄。轮回是一首朴素的歌。

每一次心底的呐喊，都是命运溅起的水花，它们成为养育内心的沙石，湖泊，粮食和氧气，一次次压住暗涌之心，沉醉，纠结，短暂的欢愉后，一切又归于沉寂。于是，我们又开始挣脱虚空。

穿越苦痛，穿越过往，穿越一个又一个季节的轮回，却忧伤地发现自己依然是那个被寂寞垂青的人。也许，有些宿命只能在声音里复活。

梵音里，万里星辰，万亩秋色……

感知内心，喧嚣是外面的事，心痛是古老的事，爱恨情仇是可以被遗忘的事。静静地，与自己相处，与一首曲子共同奔赴祥和的国度。

（选自《伊犁河》2017 年第 3 期）

锦　瑟（外二章）

香　奴

你是华年里的弹奏者。

一开始，我是溪流，清浅、明澈，欢快的细语，喋喋不休。

在巨大的石块前，时光转折、流离，水与水，吻别；你在弦与柱全部失音的碧潭里，屏气凝神，我把携带黄土的旅程，纵身绝壁，每一滴，都不能悬崖勒马。

你看中年的我，是水做的孔雀，瀑布是我不可复制的屏羽，我已不屑随波逐流后的巨浪滔滔，没有你，我选择弦断音绝于高山流水。爱的绝唱，当是天崩地裂。一张琴，从此寂寞。

在此后，所有河流都可平静舒缓，波澜不惊，一马平川也不能唤醒奔跑与呐喊，长河落日，那无需配乐的黄昏后，谁无端想起那句：雨打湘灵五十弦？

你是下游的修补者。你尝试修补一条河流暗哑的一生，泥沙俱下的陈述，你说，哭吧，要哭出声响。这么多残断的丝缕，流经你的手掌，停留、接续，从嗟叹到低泣，哦，我们在暮年的月色里终于重逢。

琴瑟和鸣何其微不足道。我哭。一条河流，终于哭成了大海。

背　影

清晨醒来的朦胧里，分明看到了梦的背影；长廊远处，你的背影。

黄昏光线柔和，无声地把细节涂抹；所有泉池都善意地停止了流动；风声隐匿梧桐之上。

我也做到了守口如瓶。

暗暗流泻的春光，并蒂之花交颈而眠，荷的绯红，藕的饱满，点水而过的蜻蜓，你的唇齿间，东风的湿暖。

这个清晨，我成了弱者，蜷缩在厚厚的棉被里，而窗外梨木台的峰顶，已先知了风雪的消息。

一遍一遍，我企图把你的背影翻转过来。你只需把长廊走近，就能发现，我始终原地不动，我始终保持着翘首盼望的站姿，犹如假意苍翠的松柏，暗暗笃定地等春天回头。

漂洋过海，不难。翻山越岭，也不难。难的是与你迎面而遇，我要你眉眼清晰，白发可见。

俑

你看我此刻多像她。

低眉顺眼的俑，穿秦服，煮青梅。身后的月色里，都是兵马。

我爱你，你爱江山。

瓷的白，麻的质地，阔袖，斜襟，这都是你的。

细腻是描述肌肤的，而冰冷描述了永恒

南方。

早已为我准备了冬雨，那像一个刑场，紫荆花应声落地，我的胭脂也在其中。

（选自2017年10月17日香奴新浪博客）

院中池

段新强

院中池，一团柔软的生命。

这池远离江河湖海，在此独居一隅的水，自有它的处世哲学：盛夏时清凉，寒冬时温暖。不管时光如何流逝，院外的世界如何喧嚣，它们只为一颗俗世的心守定清可见底的安静。

我在里面养藕，养鱼，养一些杂草和暂时寄居的昆虫；养随风荡起的波纹，养偶尔飘进的落叶，三三两两投奔而来的雨滴和傍晚投下的霞光。

……养小小的一块蓝天，让远方不那么遥远，飞翔的影子不再劳累。

也养用手指一碰就碎了的月亮。

（选自《中原散文诗》2017 年第 2 期）

玩童好玩·耍客（三章）

皇　泯

不走岸，走水

乌江纤痕，在刻骨铭心中留下几千年隐约的痛。
一路血与泪，比乌江水还长。
木船不走了，定格在博物馆；纤夫不走了，雕刻在壁画里。
祖父不走了，却带走了一片裹尸身的破帆；
父亲不走了，却带走了一截埋尸骨的旧舱。
汽笛，拉响新的航程。
儿子不走岸，走水。
哪一天，走不动了，就让生命溶入乌江水，源远流长……

赛里木湖，一滴巨大的泪

亿万年前，被大海遗弃，一场撕心裂肺的失恋，掉下一滴巨大的泪，至今还是苦涩的咸。

石烂了，海不想枯。

有风，就将思念折叠成波浪；

无风。就将默想涌动成潜流。

这种爱的表白，是一汪四季轮回、经久不衰的苦恋。

哪怕雨水倾盆，淋湿的只是一粒沙漠。

哪怕雪花纷飞，冻僵的只是一线目光。

在五当昭，坐错了地方

五当昭之大庙中央的台阶，是合影的好地方。

摄影师让我坐中央，左边是伟岸的山，右边是清秀的水。

山水滋润骨瘦如柴，也许会生枝长叶，也许会开花结果。也许，只茂盛成一叶草，也可能绿遍海角天涯。

我佛慈悲，阿弥陀佛！

忽闻呵斥：这是五当昭之神圣地！

凡人有凡人的屁股，凡人坐凡人的座位。

凡人错坐了圣座，落下凡人的屁股印。

哦？圣座，也有灰尘。

（选自《山东文学》2017 年第 5 期下半月刊）

清明——祭祖母

侯立权

一

春雨荡漾，山野的墓地涌起浪潮。

青草包绕着奶奶的堆土和石头，填补了我缺位的空白。

如树的奶奶倒下了……

我必须学会用手遮住酷日，必须学会把爱恨锻炼成青瓷。

还必须长成一棵树，必要时挂起晶莹，为自己开启黎明。

从鹅黄的懵懂，到十八变的过程中，要学会接受每次野风的鞭笞，学会抵御戏法中的妖惑，直到接近你丰盈的思想，绽花抽穗挂果。

我知道，你的仁厚之心在天堂涅槃了，而你的愿景却在一粒种子中向往春天。

每滴清明雨疼痛之后，你的慈悲给了我分蘖、拔节的理由和力量，也给了我从善的勇气，接受破茧的阵痛。

二

这个日子，我必须扑掉满身的风尘，往那棵树的深处走，那个地方寂净、清凉，没有浮光和躁影。

内心不冷，性情不热。

这个日子，也准时撕开我的伤口：一棵树陨落于一场浩劫。

她沧桑的身子，以完美的造型画满最后一道弧线，圆结了一次刻骨的痛，却留下了永恒的伤。

翻飞的叶子，不再为我纳凉，不再为我遮雨挡风，不再为我唤醒长夜的黑。

在她倾出最后的肺腑时，我方明白大树下乘凉的年景成了永恒的风景。

那曾经忽略的事物，此刻如此之重之深。

三

奶奶，你是否曾醉过女儿红，眉眼赛过清明的柳枝，或任性一回？

记得在你的秋深处，你把高过金黄的斑斓，铺成我蒙昧童眼的最美风景。

此刻你贴身大地，终于可以安静地享受时光，不用为别人遮阳撑到手发麻，不用为别人挡雨到风湿浸进骨头。

最后一张叶片放飞之前，你早已把沧桑的一生长透。

（选自 2017 年 4 月 7 日“尚未文化”微信平台）

穿越虚静的山林

施　云

月光皎洁，山林青黛，在乌蒙的虚静中，蝈蝈勾魂的嘶鸣此起彼伏，仿佛在进行着一场颂静的比赛。我步履匆匆，快速穿越蝈蝈鸣叫的恐惧之林。

皎洁的月光，仿佛披着山风在奔跑。它们在山林中摇来晃去，仿佛也充满了恐惧。

很少有人在夏秋之夜的月光中穿越乌蒙虚静的山林。在乌蒙，山岚般遍布山野的传说，而所有的传说都充满了恐惧。比如鬼火。比如迷魂草。比如家喻户晓的老变婆……我的童年和少年，都是在“怕”的故事中度过的，因此，我对夜总是充满遇见鬼般的恐惧，对乌蒙山中的夜，更是充满鬼的恐惧。林影里，仿佛所有的传说都已复生。

虚静的山林，在蝈蝈你落我起的鸣叫里，更显得恐惧丛生。仿佛任何恐惧都有可能发生，所有的传说都会在月光皎洁的山林里再次上演。

在那样的场景中，我宁愿相信有鬼出没，也不愿企盼有神灵会驾临护佑。穿越虚静的山林，虚静的夜让我更加心虚。

快步穿越。

只有快步穿越，才能逃过所有可能的遇见，而我的疾步声，更加剧了我的恐惧，仿佛有追赶的脚步即将超越我，但在擦肩而过的一瞬，吸血鬼一样吸走我的魂。许多臆想的鬼神，突然间有了怪石嶙峋的尊容。在乌蒙虚静的山林中，我被风声中的月影击伤，我浑身布满了不可告人的躁动。

穿越虚静的山林，其实是在经历了一种布满恐惧的成长。

穿越虚静的山林，我学会了在乌蒙的虚静中，把月光，想象成阳光；把蝈蝈叫，想象成自己的歌唱。

（选自《散文诗世界》2017 年第 5 期）

头顶荷叶的人

姜　桦

正午的太阳，硕大，燥热。被一大片苍郁的绿色反衬，天空的云彩反倒是没有颜色的。

迎着艰难喘息的风，荷花荡里，一个奔跑着的小男孩！手中高举一根长长的竹竿，我知道那个男孩要到哪里去。

童年。童年的韩家荡。两条河夹着的一个古老的村庄！走在绿色的荷花丛林里，遥远的夏天常常有属于它自己的故事——

那些瞪着大眼睛的绿皮青蛙的故事；

那一只只粘在竹竿上的突然停住叫唤的知了的故事；

那藏在碧绿的荷叶背面的米粒大小的萤火虫的光芒。

莲花睡在水面上。那只芡实半张着嘴巴，露出红色的花朵。像长满火焰的小舌头！

水面绽裂的芡实，有一个属于我们童年的名字——鸡头米。

鸡头米、野菱角和水花生的童年啊，将一只桐油木的澡盆悄悄横在清凉的荷叶底下，那个头顶荷叶的小男孩赤脚奔跑，一不小心，竟然踩上了路边的一窝野鸭蛋。

七月。韩家荡。硕大燥热的正午的太阳。

高高的荷叶下面若隐若现的小男孩！

那个刚刚还在阻止别人采摘荷叶的中年男人，突然停下了脚步。

我看见他弯下腰，从身旁采下一枝荷叶。

那枝巨大的荷叶，被顶在了他的头上！

荷花荡里，出现了两个顶着荷叶的人！

能看见一前一后，却分不清谁大谁小！

满池缤纷的荷花，就这样一路紧跟着他们！

（选自 2017 年 8 月 20 日《江南晚报》）

敦煌的飞天

洪　烛

1

在敦煌，我用沙子洗手，然后捧读经卷。

我用沙子洗脸，然后揽镜自照。

作为来自南方水乡的朝圣者，走了太远的路，我终于站住了，用晒得滚烫的沙子洗脚……

全身上下，干净得像一个新生儿。

那比我先来的佛，在石窟里住了一千年，每天都这样：用飞扬的沙子洗澡。他看着我，就像看见初来乍到的自己，嘴角忍不住流露出似曾相识的微笑。

2

我等待的那个人，走出玉门关很久了。

在高大的城楼下面，有过简单的送别仪式。我送他一枝新折的杨柳，他回赠一根羌笛。

今夜，我试着吹笛子。好笨哟，怎么也学不会。可毕竟从干裂的嘴唇，吹出了最微弱的春风。

把落在笛孔周围的雪花都吹化了，把城门都吹开了，你还是没有回来……

3

为了彻底地结束流浪，我要挑选一眼窑洞住下来，努力成为画中的人物。

让心跳逐渐慢下来，忍住，不眨眼睛……

我要娶飞天为妻，她是最早的空姐。我使劲够呀够，为了够得着那飘扬的石榴裙。

琵琶的弦断了没有？

能否再弹一曲？我想听……

瞧她脸上的胭脂都有点褪色了。作为聘礼，我送上一管巴黎出产的口红，它足以延长一位美女的青春期。

4

她的微笑比蒙娜丽莎还要古老。她没意识到有人在画她，否则不会笑得那么自然。

她的眉毛沾满颜料，头发也像染过的。腮帮的线条稍微有点僵硬，莫非因为保持同样的表情太久了？

画她的人消失了——因为忘了画下自己！

可被他画出的微笑像一个谜，既迷住了我，又难倒了我：她的微笑究竟意味着什么？这构成她永生的理由？

她的衣带系好了就再也解不开……飘拂在半空，仿佛为了证明：风，没有变大也没有变小。

5

伴随敦煌的深呼吸，刺青的胸膛不易察觉地起伏。

风，从石头里向外吹出来。一堵墙穿着花衣服。墙没有动，衣服在动（被吹得鼓起来了）。

那些我没有摸过的布料，那些等待融化的颜色。

你为了反弹琵琶，不得不把手伸向脑后，绕到墙的那一面，仿佛想把脊背的拉链解开。

我看见的是一股死去了的风（已没有更大的力气）。

它使飞天的裙裾飘到半空中，就再也飘不动了。

（选自《散文诗》2017年第5期）

沉默的书房

语　伞

一

它赋予世界安静的气质。是一个时间之上的空间——

没有晚年。仿佛延伸过无数人的寿命。

它手里握着那些丰富的命运里最奇异的符号，钥匙一样拥有秘密的栖居地。

坐在它的腹部，用一个叫做阅读的方式养生。

书架上并肩排列的书，像极了密集站立的毫针。眼睛，可以代替手，捻转、提插，刺入心脏的每一根，都深得古代神医的真传，精通针灸术。

而打通我七经八脉的，可能仅仅是短短的一行诗，譬如：

“我认出的风暴激动如大海。”

二

书房，是一个城市迢遥的修辞。

通常它邈远如山谷，满身的树、岩石、野兽、花草、流水、鸟鸣……万物丛生，宗教般互相尊重，各自葆有笃定的信仰。另一个我不认识的我，在用其中的角色形容自己，她找到了她想要的人生，用风续写每一天的祷词，用雨谱唱每一瞬的虔诚——

这一切的一切，在静默中发生，没有任何覆盖气息的声响。

像在另外的宇宙上，不生怨言和困惑。

并且，那一个我，并不知晓地球上眼泪的味道。甚至，她可能还难以想象，真实的她，曾为书房里的每一本书，都擦拭过灰尘。

合上一本书的最后一页。我感到腹中空空。窗外路灯下，不断有车鸣声传来，只是厨房的炉灶，早已被掐灭了火焰。

三

喧嚣的城市里，唯爱书房兀自沉默。

它准备饕餮盛宴。

我咀嚼暴力组合的词语裹腹。

眼睛、大脑和心代替了牙齿。多汁的酱果般的语言，风干了的比根茎还坚韧的句子，绿叶蔬菜一样的篇章，如烤肉喷香的启示，一席天地间，组成文学的味道、历史的味道、科学的味道、艺术的味道……

在某一本书里，历史烽烟四起，家国与爱恨情仇成为矛盾……然后，分行的喜剧和悲剧，把太阳和月亮同时拽在手中……后来，我撞见世界上最后消失的那个谜……人群里，一边歌舞升平，另一边，蒙冤者正急于为自己阐释。

朋友和敌人都出现了。

仅仅是饥饿所制造的。

仅仅是一些逝者，一些从未谋面的陌生人——从书房中的书上来到我的思维里，攀沿我的记忆。

他们通过书房，存活在我对未来的认知中。

四

我与书房的特殊距离是：

不说话的时候，我是书房的一部分。

每一次重复相同的姿势整理书籍，挪移某些书的位置和方向，就是在医治书房定期引发的小感冒。

为它清热、散寒，活血化淤，使它的五脏六腑干净和健康。

我在书房中徘徊的样子，像音符沿着五线谱的五条直线来回踱步。

它的心跳指数，会随我的心情而变化。我不去测量准确的数值，是因为我从来不追逐我读不懂的那部分，我只享用我的感受。

书的页面翻卷，一串明亮的名字随视线穿梭。有时候回到睿智的古代，有时候脱离残酷的现实，有时候我自顾自地仰起头，闭上眼睛，将内心暗角里莫名的哀伤轻轻撩起——

一切都在那里。原来上天是公平的。

（选自《鹿鸣》2017 年第 8 期）

风（节选）

姚　辉

我不敢随意成为那个熟知风的去向的人。

风可能比我们更为苍老——在风可以牢记的高处，谁仍将遇到风丢失多年的脚印？我们，曾是某个脚印卷角的一部分，我们有春天反复承受的遐想——当脚印逼近泥泞的篝火，那风一般存在的人，是不是，将再一次疾风般消失？

他握热了风的骨骼。我不敢随意翻查风的爱憎——这缕风，正经历多余的远方。那风一般诵唱的人，比风诅咒过的黄昏，更为邈远，迷离。

我不敢把风的往昔刻成金石之痛，刻成鸟骨及花草簇拥的奇迹。我不敢随意沉默——风的旗帜开始腐烂。风撑开整座天堂汹涌的暗影……像一个守望者，风，从倦怠的足音里剜出三月辽阔的冷，以及篝火之爱——

风，挥动星辰即将重现的无边苦乐。

我不敢随意将风的未来，指给不断回响着的种种风声……

太阳停下翅膀，留给风，一些飞翔的勇气。

风的肉身也是我们的肉身——太阳鲜艳的肉身——风在太阳的指缝里，嵌入所有惶惑过的黎明。一只鸟，成为风最初的记忆。

我们在风的背面站成旭日之影。你还能守候什么？除了风忧虑的方向，除了风的倾诉，你还能在风的守候里，靠近什么？

风比我们更能记清种种无辜的酸楚。风在风的长路上老去，风在风的苍凉里，松开太阳旋转的波澜。

风吹彻怀想。

另外的太阳重新飞翔。谁的红尘，堵住了风不变的声息？

风的遗忘也是我们的遗忘——太阳嗥叫，风的毛羽，划过我们共同的仰望……

我必须走在风的前面。

必须给风一些另外的骨头，和血，肉。必须让风懂得适当的悲伤，自豪，恨。必须让风适应可以失败的天气。或者，让风成为惊喜与向往的代名词，成为可以被风重复的千种勇气。

我必须把头颅扬得比风声更高——让风承受理当承受的阴影，让风在最尖锐的幸福中辨认出幸福的艰辛，让风，成为风不可能避开的记忆。

必须给风另一种燃烧的远方，给风一种教训，一次疼痛的眺望，一种即将消逝的震惊。

必须把风的期待放在风声之后，让风沉入风中，让风拥有新的足迹和脸，让风喊出风古老的省悟。

必须让风遇见风剥蚀的祖先，遇见诅咒深处的神灵，遇见风的废墟，锁链，遇见比风更锐利的伤害……

风等在风自己抟制的第一千种路口上——

我必须活在风的胸膛中，让风，找到属于灵魂的所有吟唱。

（选自《散文诗世界》2017 年第 4 期）

莲花心（外一章）

娜仁琪琪格

山一程，水一程，山重水复，一个渴望飞翔的人，总是被摁回泥土。

在尘世陷得太深，挣扎、隐忍，依然有清风明月的心，出离的欲求。

一朵莲的绽放，需要多大的心力？一朵莲的绽放修炼了几生几世？

飞鸿万里，从遥远的北方，抵达遥远的南方，只为心中的那片期许、那丝宁静、那种绝尘的超然。

韩家荡，我是慕你的万亩荷塘而来，慕你万亩荷塘的朵朵花开，慕你万亩荷塘朵朵花开后的万朵莲蓬，万朵莲蓬上宫腹多胎的籽实。

入泥入土，在污浊的水中，婷婷而立高洁无染，朵朵莲花啊，都是怎么做到了这些？我凝视你，想得到超然的答案，凝视你，想找到属于你的眼神。

我要回到那朵莲

我已看到了我的那朵莲，我似乎早就知道，我的那朵莲在哪里。多少次梦回的萦绕，多少次恍惚的出离，我看到那个原我，看着远行的我。

我要到最深的红尘中去。

山高水长。

多少坎坷的路途，我必要经过那些险滩和沼泽，必要走过那些高山与河流，必要披荆斩棘，绕过那些星罗棋布的湖泊。

斩断了我的翅膀，收了我的罗裙，那纷披的纱幔束之高阁。

必要忍受挫骨的孤独，这一世我是赴命而来。

我曾哭泣过，以顽固的疾病拒绝健康，以多愁多忧厌倦尘俗。而一个人应该经历的，必须经历；一个人应该担负的，必须担负；一个人应该接纳的，必须欣然接纳。

一个拒绝长大的孩子，必须长大。

就像这万亩荷塘中的莲，她深陷污泥、浊水，生长出欣欣然的幼叶，到荷叶田田，接天莲碧，开出圣洁的花朵，谁又说在幽暗的泥沼中她没疼痛过，挣扎过？

一朵出尘不染的莲，要对抗多少黑暗，多少顽疾？

而她们要——为莲故花、花开莲现、花落莲成。

我终是参悟了佛菩萨为什么端坐或站立在莲台。

花开见佛，每一朵荷花上都有一尊佛，每一尊佛都在示现说法。

我要回到那朵莲。

（《诗歌风赏》2017 年第 4 卷）

风的摇蓝曲（外二章）

耿林莽

叶子、叶子

叶子静静地，嫩枝上的芽苞，舒展如眉，展现出生之愉悦，青春的大欢喜。

叶子、叶子，每一片都是温柔的，少男和少女。

芭蕉树的叶子，棕榈树的叶子，粗犷而厚重的叶子，也是，也是。

叠翠，绿得欲滴。滴下来的，却是莹莹的露。

（谁的一粒粒泪珠？）

那一丝丝凉意，如昨夜的月色般幽幽。

最先触到初阳之光的那一片叶子是有福的了。她是

婴儿吮吸乳房的唇，少女柔弱的手指头，

还是，小鱼在水面上游？

叶子、叶子，

当微风轻轻地拂过，如同蜻蜓的翅；

当微风轻轻地拂过，像沐浴着水的温煦；

叶子、叶子，飘着飘着的叶子，在说：

“让风吹我

让风吹我……”

风的摇篮曲，却不再柔和，黑的风，愈刮愈烈，鞭打和折断，钢铁的力度。

冬青树的叶子，

银杏树的叶子，

苦楝树的叶子，

一颗颗被削掉的头颅，聚到一起来了。在地上打着旋儿，卷起漩涡。

风的摇篮曲，将叶子们

摇进了坟墓。

一种神话，渐渐冷却

经不住无情岁月恒久的冲刷，打磨，一种神话，渐渐冷却。

龙钟老树垂一张枯叶，古井无水，龟裂的陶罐深处，是未老先衰东方淑女的

鲜花之渴。

龙钟老树垂一张枯叶，经不住年年月月无尽的砍伐摧残，砍树的“罪人”和被砍的树，都已经百孔千疮，成了枯木。

玉兔无毛，青蛙们长出十三条腿，在每一处被污染的池塘、草地，蹦蹦跳跳，扮演着各种荒诞。

龙钟老树垂一张枯叶，那枯叶便是你未老先衰孤零零的眼睛么，嫦娥？

一种神话渐渐冷却，遍洒一地的月光，已没有了往日的明丽，冷清清，暗幽幽，无人打扫，无人践踏。

寂寞长夜布满忧郁，谁家烟囱里不曾修剪的长发，在遥空里缭绕，很黑。

我的月，我的古老神话中的东方淑女，逃离人间几千年，黯然归来时，长满老人斑。

阿斯旺水鸟

埃及的菲勒神庙，过于衰老。岁月烟尘熏黑的裸石，乃有了遥远的梦意。

阿斯旺。阿斯旺的夕光，悄悄地避开了神的追踪，蹑行于水。

灌木枯黄，一束束蓬松的乱发，展示那哑了的弃妇一路奔走的迷狂。

水鸟在岩石上，若有所思；水鸟在岩石上，引颈而立。阿斯旺的黄昏，在远离人寰处入定。

夜幕低垂，石无言，水也默默。这时候，一只水鸟独立崖端，黑暗中惟一不甘寂寞的亮点。那一片洁白的毛羽，却将阿斯旺的寂寞，刻画得更加耀眼，醒目。

（选自《山东文学》2017 年第 10 期）

赴　约（外一章）

莫　独

一滴泪水，暖暖的，掉落到你冰凉的脸上。

搓摸，你感觉到，身子越来越轻，像一片枯叶，随时会被风，轻轻抬走。

取井水的人，刚刚离去。

坐等在诺玛阿美河边的人，吸着长杆烟锅。

是昼，还是夜？

呜咽声低抑。

敲门声那么清晰。

眼前，影影绰绰。

搓摸，你不再固守躯体，扶直恍惚的魂灵，离床、下地，越过黑压压的人群，独自走向门口。

放　下

放下锄头、犁耙。放下五谷杂粮。

放下水井、炊烟。放下端到嘴边的酒杯。

放下冷暖、炎凉。放下说到半句的话。

放下手。放下这个早晨。

搓摸，放下你。在被你每天打扫两次的堂屋。

那些匆匆赶来的人，纷纷曲膝跪下，一揖三叩。

搓摸，你要走啦！更多的恩赐，你放下，留给生活。

（选自《大沽河》2017年第3期）

江南丝竹（外一章）

倪俊宇

自一朵茉莉的唇边绽放。暗香浮动，荡漾夕烟柳丝，如梦。

长箫或短笛，横贯谁的沧桑路途？

罗帕摇动，缠绵于乌篷远去的橹声。断桥的红伞，在岁月深处，亮成灯盏。

弦与弦之间，化蝶的彩翅，翩翩。

有跫跫足音，从一阕慢词的离愁中走来，踩伤了裙袂翩飞的五月。在石桥与雨巷的尽头，洇化出古典的背影。

今夜，多少思绪，在那声颤音上辗转难眠……

线装的江南，在丝竹中醒着，听花，听雨，听风月。

夕光中的宁静

归鸟的倦翅驮去暑意，蝉鸣，也收敛成一种沉思。

霞光铺金，剪出棕榈的飘逸身姿。光与色时时变幻，演绎着莫奈笔下的韵味……

远处的潮声，如晚钟缥缈。

拾贝人总想收到大海的明信片，追逐着浪花的足音，该捡起了几枚惊喜？

暮霭中伫立的阳伞，仍回响那些甜甜的絮语。

湖畔座椅上，谁在静静聆听微波的荡漾，抑或心中泛起的涟漪？

旁边的空位，在等待什么？是盼望已久的花开情节，还是撩不开的无形惆怅？

哦夕阳，慢慢阖上眸光。

半湖晚风，徐徐细说，那静谧与安宁的情思……

（选自《核桃源》2017 年第 4 期）

雕　像（外一章）

徐　庶

绑票。成为别人绑的票，他累了。

他不再奔跑，把奔跑让给别人。后来的人一定都居上了，他站在那里，看谁在真跑，谁在假跑，也不嘀咕一声。

荣誉他不要了，把荣誉留给别人。财富他也不要了，他只要成为一颗良知的时针，

死死盯在他人心中。

他有时也下来踱步，夜深人静时，他给自己松绑，在自己身体里喊“一二一”。

（选自《芒种》2017 年第 4 期）

云端养马

我不要江山，江山是扔出身外的黄金。

我也不要江湖，江湖是泼向人间的坏水。

在云端，我只养千万匹骏马。响马不用鞭，不需驱赶，不用踏马而行。

信吗？信马！可由缰。哪一匹马儿都是我的爱人。

试想，范蠡不用携西施私奔，遍地皆美人。李隆基也不用抢人家的媳妇，贵妃遍地皆有。

重要的是，在云端，放人一马，不用看谁脸色。

那里离光明很近，没有圆缺阴晴。更不用指驴为马：驴就是驴，马就是马。

（选自《延河》2017 年第 8 期下半月刊）

一只刺猬的爱情宣言

徐澄泉

我是一只好色的刺猬，无公害，只害你的小命。

我以芒刺为矛，伤害你的好心情，让你哈哈大笑，泪流不止。

我以芒刺为盾，护卫你的小忧伤，使那些企图侵害你的阴谋家，譬如尘埃落叶，阴雨愁云，远离你的阳光、月色和清风。

你的幸福，就流水一样光滑了。

另一天，当我必须老去，而且彻底老去，我最后一个冬天必然来临——我依然坚守我的责任和义务，把最后一棵芒刺的毒，努力扎进你的骨头和内心。

我是一只贫穷的刺猬，唯一的本钱，就是一把杂芜的胡子。它是我的金钱、地位和荣耀。我深信，唯有它，能够表达我对你深刻的爱意。

亲爱的，你知道，我的胡子很绿色，也环保，可持续。尽管被你割了一茬又一茬，却永葆着韭菜一般的葱绿和茂盛！

（选自《山东文学》2017 年第 6 期下半月刊）

红堡练习曲

爱　松

1

他抱着吉他，窗前飞过小鸟。

轻盈的痕迹划疼，厚厚的老茧。里面的迷宫迂回曲折，藏在琴箱中。

许多把钥匙在手指间，晃动。他不确定该用哪一把。

这坚硬的琴弦，越来越紧。他想起一张脸，整晚的月光照耀着的、红色的锁。

他伸出手，但仍然不确定，该对准什么部位。

2

双手是父母遗传给他，最骄傲的一部分。

他用它不停地弹奏，不停地挑拨着路人脆弱的神经。

宫殿的结构令人眩晕。他一直在寻找一条捷径，在手心秘密的纹路里，生长着巨大的圆柱。他期待已久的答案，就在这里。

这个圆形的谜团，来自少女圆圆的脸。那是母亲在多年以前，被人亲昵呼唤着的乳名。

3

不知疲倦的房间，回响着散乱的谱号。他试图破译一小节，音符奇妙的组合。

宫殿内部全是这种，精细的构造。

他小心翼翼却仍然碰倒了，某个音符。他为此懊恼不已。

他靠在倒塌的墙的对面想：那个老头的脑子里，怎么会有，如此精巧的构造？

4

母亲好几次走近。他毫无察觉，他在艰难地攀登着阶梯。

宫殿的大门关闭着某种，异样的温暖，那是在子宫中，才可以体验到的美妙。

母亲常常对他微微一笑，这狭小的空间中，他不停地动。

他开始怀疑，出生对于一个音符，是真正存活的存活；而出生对于自己，终究是死亡的伊始。

他开始害怕世界，真正喜欢上了，音符活生生的气息。

（选自《散文诗》2017 年第 12 期）

在最深的尘世爱你

爱斐儿

最深的尘世有你、有我。

有时，我们互为晨曦或者黄昏，最初和最后的暖意，皆镀有温和的光辉。因为热爱，总是让我与喜欢的事物不期而遇，与草木露珠亲如手足。

而一条河水总是朝着一个方向行进。我不在她的左岸，就在她的右岸，常常，我们共享同一朵闲云。

你当然知道，我做着一场野鹤之梦，身边走着清风，另一边走着竹林和杨柳，我们在许多良辰于枯木上相逢灵芝。

在最深的尘世，在季节和山水之间，我与风雨对饮，听到那个在酒醉中轻唤我名字的人，这醉我的世界也含满了酒。

你常以飞雪传送琴音，哪怕是一朵白云被风吹开，哪怕是一杯苦茶被加入了龙胆，我也认为，那些含着热泪的雨滴，将与火焰殊途同归。

当花朵开满春天的废墟，你的香气早在我心里像遗址一样存在了多年。

有时候，我踏过一座小桥，看它们给你的影子佩戴青玉和罗兰紫，月光已升高了三千多尺，我才往回走，可我走了很远，花香还远远地跟着，提醒我应该接受神谕。

许多年，我们隐身一对蝴蝶的前世，在幻觉里比翼双飞，偶尔安静地对坐，在一面镜子里与春风相遇，仿佛花儿又重新开了一次。

在这最深的尘世，我学会了用寂寞的比喻替代一些热烈的词语，就像百草爱着四月的水滴，我爱这尘世的时候，就是在深深地爱你。

（选自《诗潮》2017 年 6 月号）

梦中的海

栾纪曾

恍惚间，床板与灯光一齐摇晃起来。海鸥的叫声落在枕边，如史前遗失的露珠。

我慢慢睁开眼睛。房门自动打开。脑海里，一首诗如醒如睡。

楼房怎么会变成一条船呢？一条碇泊在汪洋大海中的船，孤零零地，仿佛在等待什么。

进入诗境原来只是一道门的距离。或许，诗一直在船舱门外守候，只等我溶入其中，慢慢体验它高深莫测的心境。

忽然发现自己只穿一条泳裤站在甲板上，被天与海反复打量，像在审视一首诗的题目。

软梯垂在眼前。太阳正隆隆驶向桅顶。云朵，风，一齐挥动满天光芒和创世纪的激情。

诱惑拽动着身心，我踏上了软梯的第一道横索——天海间唯一一排直上云端的诗行由此开始。此刻，天与海都属于我，而我，也属于它们。

我攀上了主桅的横杆。仿佛站在大洋的中心，宇宙的中心。

太阳缓缓下降。下降。怎么会呢？它怎么会在我身边停了下来，而且红着脸对我微微一笑？在它面前，地球不是银河滩头一枚小小的卵石，海洋不是卵石上的一滴水吗？

疑问一个一个被水浪送上半空，又被一个一个打碎。我们惊讶，狂喜，恍兮惚兮，稍一对视，便手拉手跃上了潮头。

涛峰叠起。没有岸。天与海浑然为一。无边无际的洋面如一张飞动的乐谱，纯净，蔚蓝。蔚蓝之上，还有蔚蓝的风，蔚蓝的鸥鸣，蔚蓝的秧歌与探戈，从天边结伴而来。

我回头看船，船已消失。仰望天空，天空正放出无数五彩风筝。

诗纷纷在脑屏上醒来。风在朗读。海浪在朗读。太阳乐得像条鱼，用明亮的鳍把自己拍打成一个象形文字，与我肩并肩，在潮头凫上，凫下。

（选自 2017 年 4 月 30 日《青岛日报》）

禹王台随想（外二章）

栾承舟

此时，禹王山烟岚苍茫，山阴岩缝中的积年残雪，还没有化。

齐长城遗址，松涛徐徐，绿森森的雄壮。禹王圣德，已萌发新枝。

焦梅、苍松已老，它瘦。

尔后，红花染香了曲廊亭榭，嘤嘤蜂鸣。

恍惚中，飞菟潇洒而至。

禹王庙，勾檐连脊、云轴倒垂妙境，兀鹫高踞松枝，孔雀婉转入世。

禹的慈悲，泪盈于睫，看过人间所有的苦。

他的预言，带着机锋，一种自在妖娆的禅意，内敛着，绽放着……

蓝鸟、白鸟穿林而过，暂时的，隐去了一切。

初登鹳雀楼

之涣老哥登过的楼，写出白日依山尽的楼，

此时，正值中午，

黄河正在远去……

多少年了，诗人的魂，是否仍在此间徘徊？是否，依然以一种恒久的姿势，依然不屈不挠，始终昂着，

诗之头颅？

此时，薪火相传之火，仍在每一个来者的心中烧着。

于缠绵的秋雨中登楼，从正午到日暮，一阶一阶登临……

心灵沟壑之深，精神山川之险，

次第逼近……

夹谷台之春

夹谷兰香，摩崖草碧。雷电之后，三弦奏绿了森森乐曲。

满山丛林，寒不浸衣。

那个六月，齐鲁会盟来到了夹谷山。

两军对峙，草，化为兵器。

满山故事，甚至，每一片树叶，每一朵野花，都心怀惊惧。

屈强国而正典仪。剑拔弩张的大国交锋，最终，在孔子手上，化蝶般的，铸剑为犁。

夹谷山，升斗小民福祉祥和之地，

像一幅画，一场干旱之后的豪雨，美而神秘。

（选自《诗潮》2017 年第 11 期）

夕阳小屋

高　专

时间散发着淡淡的忧郁——

灿烂夕阳下你翩翩离去，在我眷念的血中，潜入了爱的小屋。

欢乐随你，彩蝶一样越飞越远，渐渐地，我的心积满黑暗。

为何，相逢之脚尚未站稳，向我们频频微笑的已是黄昏，难道错过了生命中——暖风沁人的季节。

曾联想，让你在我才情的花园饱饮爱的芳香，用我血染的小舟载你游遍世间的青山绿水。

——静默中，我俩等待着春天在眼前朵朵怒放。

——温暖的海边,我俩遥望硕大的红莲从明蓝的海面柔柔升起。

事实上，我恰似一轮孤月，尽管银色的光华洒遍大地，却漫不进你的窗棂，只能遥遥聆听屋内撕心的呻吟。

你是朵含苞的花，愿望缤纷如花瓣，可终究只被剥开可数的几瓣，便再无浇灌的人，而你还得维持这无边的枯寂。虽说春天又在树梢揪心响起……

爱情的阳光烘烤着我，只有我才能剥开你梦的花瓣，对你永如夏天清凉的水。

已没有什么能威慑我迈向你的脚步。

这个世界，当外面冰封雪冻，惟有归宿的巢穴暖意点点。徘徊许久的我，何曾不想走人，从此共枕良宵。

可谁能预知明天，我的誓言又怎能担保——当你熟睡的面颊泛起甜蜜的笑靥时，我会拒绝飞往昔日终止奋斗的路旁，默数别人铺满鲜花的足印蔓延成阵阵掌声，我却只能撒两把愧叹的黄花。

也许，人身后都支撑着无形的树。要知道，我是只喜欢在万千花树灼灼吐艳的山巅停歇的人。

还能为你分担些什么呢——用我生命的双翅。

为你，我只有把心拓展成茫茫大地，无论你在哪儿，怎么走，我都能掂量出你内心的欢乐痛苦，而在你过河时，化成沉默的桥。

（选自 2017 年 3 月 9 日“中西现当代诗学”微信公众号）

绳渡悠悠

郭 辉

两根老粗老粗的绳子，这一边系住船头和此岸的岩石，那一边系住船尾和彼岸的古柳，横在山溪上。

绳是棕绳，是用山里最好的棕皮，抽丝抽线绞制而成的，坚韧，爽朗，劲力十足，最烈的牯牛也撕扯不断。

阳光曝晒，冷雨冲洗，溪水浸泡，色泽是日见黝黑了，生锈了一般。但内力呢，却如钢铁被锻打了，都集聚在了最紧要处，百倍地强健。

平日里喜欢低眉，常常就低入了水中。身子柔若无骨，一任来来往往的手，拖着，牵着，扯着，久而久之，通体竟发出一种暗光来，但只可感觉，无法看到。

那一叶没有艄公、没有桨片的渡船，一忽儿右岸，一忽儿左岸，循环往复地行走，摆渡着小山村里每一个忙忙碌碌的日子，摆渡着山民们所有的酸甜苦辣和离合悲欢。

——全靠了这细长的、灵动的、不知疲倦的手臂呵。

隔河千里，绳渡悠悠。

在晴天，是七彩的虹桥；在月夜，是无声的线谱；在暴风雨中，是百折不挠的钢缆；在山洪肆虐的时候，是驱赶险恶的神鞭！

（选自《中国潮》2017 年 3 月春季号）

木 纹

唐 力

1

我俯身于木纹，我相信那是一条河流。

是一条比时光还要古老的河流，如果树木足够的老。我用手掌细细抚摸着它。我感到它在我的手掌下有细微的颤动，就像波纹，就像涟漪。我能感觉到它，我甚至能感到细细的波纹之间（那仅仅容纳一个闪电的脸庞的间隙），有花朵开放的声音，花朵呼吸的声音，花朵啜泣的声音，花朵坠落的声音。它们都记录着一棵树的成长，所包含的快乐和忧伤。

木纹是一条河流，是一条记录它自身的河流。

2

我俯身于这些木纹，我看见它们闪着幽暗的光。

这是一条和我的灵魂一样深沉的河流。我的脸映入了木纹之中，你是看不见的。但我能看清我自己的脸孔，我要在木纹之中看清我自己。我清楚，我的脸其实就是木纹，像揉皱了一样的木纹，像打乱了的木纹。我知道，我的面孔映在木纹之中，也像一个波浪的涟漪。相对于木头，我是木匠。我劈、砍、削、推，让一块木头变形。让它的身体在我的手中改变，但我却不能改变木纹，我唯一能做的，仅仅是可以分开它们，就像分开河流，但河流依然是河流，木纹依然是木纹。

3

我知道相对于时间，我是木头，时间是木匠。时间依然能够击打砍削，我的身体佝偻，头发苍然。它依然能够改变我的形体，对此我无能为力。但时间不能改变我的技艺，我心灵的技艺。我整理木头，让它变得巧夺天工的物品的技艺，会因时间的历久更加成熟。即使我使不动斧头，即使斧头已经锈蚀，斧柄已经腐烂，我也会在黑暗中，在内心操练一千次，一万次。我在内心打造出来的作品无与伦比，我挥舞的技艺无可挑剔。

这是唯一能与时间抗衡的。

4

我俯身于木纹，我知道，这是一条河流，一条与灵魂一样深沉的河流。这一条河流中，敲锣的人，送葬的人，种菜的人，打稻的人，读书的人，他们的身影，在木纹中时隐时现。

我俯身于木纹，我感受着它，我观察着它，长久的注视，我知道有一天，我也会一头栽倒在里面，融入其中。

木纹是一条深沉的河流。

（选自《四川文学》2017年第5期）

你的神迹（节选）

唐朝晖

诸神消失在人类的天空，只有靠神迹才可能找到你浪迹的大地。

语言和行动，让天空晨光焕发。秋天来了，淡淡的树木守护着你的健康……你是我的影子，我是你的一个梦，你是神迹，你是我终生的寻找……

寻找，是神迹的所有主题。你在神迹里安居，起身……

在睡莲最近的地方坐下，背对大海。

这是路的尽头，没人会来到这里。

整座城市，没一个人知道你的名字，你也没有记住任何一张写有名字的脸。

睡莲站在一簇簇莲叶中，在极端的孤绝中，你找到特立独行的方式。

你每一步都在修改，取消问号。路，绕水而行。

选择、自省、拷问、鞭打，伤痕在黑记的下面结疤掉壳。

晚上，莲含苞而睡，水叶轻托。

待晨破蕾绽放。

你来的方向，隐藏在树叶背面，泛微微白光。

连续两个小时——密不透风的炸雷、闷雷、滚雷、撞击的雷、靠近山头的雷、落在古槐丛林里的雷、云里翻涌的雷、挂在闪电尖端的雷，天庭狂欢、盛宴的醉歌，诸神畅所欲言，不会顾忌人类的猜度，舒展生命的大势之美。

对生命的愿望，展示在光明正大的夜空：雷雨阵阵，疼痛撕开闪电的刹那，美的睡姿躺在湖水的旁边。

死者翻译着死者。

双重的镜式阅读：标题、诗歌正文，序言、后记，城池交换轮替。文字随硝烟进退。你擦拭着镜上的水汽，急遽流落下来的水珠穿成诸神的符号。

握住一双从里面伸出来的手，置身于书房，心随骏马而去。

飞跃田野的激情，凌晨也不回家。

树，站在篱笆外面。大雪覆盖。冬天，一言不发。枝条素雅地一根根填满天空。只有粗枝，一片叶子也没有。风骑在马上，远观其变。

树林里有人说话，鸟的天使，红棕蓝黑条相间的羽毛，鸣叫，飞过窗前。

最前端，灰色的树枝里含着一小滴饱满的绿。灵物不动而动，自然流淌。

谁在冲破树枝的一个个关卡，开花之后，才有叶子。

春天正艰难地涉过枯水的河，岸床里的沙石风化成岭。

你一言不发。你知道，只要一个拥抱，春天就来了。

突然觉得你走了，一个人留在这里——站在不生长植物的风中。

突然离去，神迹正在大地显像。

沉浸于自己的黑暗中，你享受那份痛而失声的苦难。

（选自《中西诗歌》2017年第1期）

瑶族风情（三章）

唐德亮

汪都舞

雉翎拂动白云，项圈旋转日晕。

红头巾映红了蓝天，汪都咚咚，震撼着深山野谷。

刚健的哥贵舞出瑶山的雄风，婀娜的莎妹舞动绵长的流水。

南山的鸡桐木，敲出一千多年的荒蛮，跋涉，迁徙，荜路蓝缕，血泪和流，悲喜交织；敲出荒火中的梦，敲亮木屋下缠绵的歌声。

夜的胎宫躁动不安。

锣鼓的旋涡，旋醉了一座自由奔放的瑶山。

生命之舞。激情之舞。

如火如荼的鼓声。如梦如幻的舞影。

瑶山，在这一刻向世界打开了她的美丽、深邃和缤纷。

戈　帮

“戈帮”是粤西北排瑶一种用竹筒做的“噼啪筒”，在筒中装进纸屑做的弹丸，在排瑶玩坡节这天，瑶家哥贵在山坡追着心仪的莎妹射击。

霞光，林荫，晨风。莎妹的深瞳。

爱的戈帮，心的子弹，它要瞄准谁？

花的溪流，歌的梦影，爱的脉搏，火炽的情怀。

在这个快乐之坡、幸福之坡、浪漫之坡，一次又一次被霞色抚摸，被山风鼓荡。

举起来了，戈帮。射出去了，哥贵的心。

一颗心将另一颗心击中。被击中的心，飞出一串缠绵的歌，催开了一地野花。

爱，从一支戈帮开始远游。

格洛档

“格洛档”是粤西北排瑶莎妹（即姑娘）求偶时的信物。

采来红红的鲜花，用扑扑跳动的心，用热烈的情——扎好。

这是爱的信物，不知哥贵可会接收？这是爱的火焰，不知能否烧暖哥贵的心房？这是爱的种子，不知能否在哥贵的心田生根、发芽、成长、开花、结果？

嘴巴已唱出了血，眼睛已喊出了雾，花朵将要枯萎，心上的哥贵，你何时才来到莎妹的身旁？

红红的格洛档在摇，莎妹的心在渴望，爱的雨露芬芳……

（选自 2017 年 8 月 2 日《文艺报》）

沿着洮河的蓝色曲线（外一章）

谈雅丽

在纯净而新鲜的黄昏，山上的雪一无遮拦，闪烁着光芒，一条淡蓝的河，正把晶莹的微风送来。

洮河源，日落的华盖渡河水一片璀璨的金光。葱绿的岭，金黄的花，村庄上空扇动着白云的翅膀。

沿着洮河的蓝色曲线，美在召唤我。起伏的草甸，年轻的达娃卓玛刚刚赶回黑牦牛，蓝白相间的帐篷里，炊烟四起，阿妈在做可口的蕨麻米饭。

沿着洮河的蓝色曲线，季节的暮霭和寒烟缓慢升腾，雏鸟巢穴安放于格桑花开的草野，悠然散步的牛群羊群，经幡飞动的晨昏，还有寺庙里虔诚端庄的红衣喇嘛……

沿着洮河的蓝色曲线，这里是一片光辉的海上，是一支动听的音乐，一首优美的诗歌，一幅迷人的画图，是一壶绵柔浓郁的藏酒，流传着四世藏王永久的寓言。

沿着洮河的蓝色曲线，我看到草原无边无垠地敞开。所有的门，所有窗，所有镜子，所有湖泊，所有溪水，所有传说，都明亮、金黄、温柔、闪光，都有生命和爱——从四面八方闯了进来。

绿松石酒盏

酿造一瓶好酒，需要有最清洌的泉水，最饱满的青稞，最勤劳的手，和藏北草原最明媚的阳光和最充沛的雨水。

还需要有一份真情，让青稞与青稞相互拥抱，让酒酿和泉水彼此融合。需要有恰到好处的温度，让酒在酒中沉淀，让烈火在烈火中燃烧。还需要有你——

有你，走过漫无边际的森林，大大小小的草滩，数不清的河流和湖沼，来到我这里。

有你——陪我来到这座农家小院。在温馨的农家院落，房间里挂着半张兽皮，院子里豢养牛羊马匹。鲜花开遍，金草如潮，有你——和我一起举起这只绿松石的酒盏。

来吧！骑马的人，如果你急着离开村庄，请慢下来，一座山翻越另一座山，看山犹如看大海，请你用这杯酒丈量此去的前途阡陌。

来吧！赶牦牛的人，你要暂时忘记草地上的骏马、牛群，用这杯酒洗净身上的草屑泥尘，以纯真的姿态贴近大地的广漠。

来吧！远方的客人，请停下你的匆匆步履，端上这只绿松石酒盏，请斟上美酒，与我一同吮饮草原的情爱，饮下这烟火人间至美至香的芳醇。

（选自《散文诗》2017 年第 10 期）

威海写意（五章）

陶正洲

威海印象

威海是有风度的。

海风起时，云就飞扬。轻风、柔风、劲风、烈风，个个都有度，有派，见楞见角，胸怀坦荡。来到威海，感觉自己就是一棵蒲公英，一下子被海风吹光吹秃。感觉自己洞开了，被海风清理着每一处毛孔，灵魂的角落里存不下一丝私我的尘垢，一片尘世的鹅毛。海风咸咸湿湿粘粘，不管你愿不愿意，她都要为每一个根发丝梳理，为每一寸皮肤掸尘。风干的衣服里，即便没有阳光味，总会有些海的味，没有都市的汽车尾气味。

威海是富于激情的。

海水的激情汹涌澎湃，浪花的表意层次分明。激荡进取，那是海浪的谆谆告诫。文登金海滩、乳山银滩，滩滩滋生温润潮湿的情愫，无关乎夏天，无关乎比基尼。威海湾、伴月湾、九龙湾，十六个海湾，湾湾注满情意。八处佳泉，处处有温度。饮完甘泉，无花果也是要吃的，很好吃，也不贵，错过了，别处没得找。

威海是从容的。

镇定从容朴实顽强始终如一的，是昆嵛山、圣经山、里口山、铁槎山、大乳山、仙姑顶，还有，那些沉默的岛屿。刘公岛、海驴岛，海岛大小一百多，岛岛神奇。海景房可以不要，环翠楼不可不登临。环翠楼，一部五百多年的经典，负苍山，眺碧海，览群岛，记载着怎样的风风雨雨？

威海是智慧的，充满着创造。

海、岛、滩、湾、泉、山的集中营，创造着人间的仙境。山旺人丁水旺财，威海注定是风水宝地。水主智，智者乐水，而仁者，会喜欢你星罗棋布着的每一块会思想的岩石。桥头村、老槐树、古井，听说，这里出了位现任的港首。

威海是有文化的。

东夷文化、秦汉文化、道教文化、甲午文化、海派文化，不小心会被你读到爆。圣经山摩崖石刻、明清海防遗迹，一个不能少。天尽头，中国大陆的最东端。始皇帝东巡到成山头，走到了人生的尽头。

威海是世界的。船只从威海港走，可以直达韩国的仁川。海很阔，亲情很近。你甚至可以看得见，对面首尔城表叔家的阳台，看得见阳台里表婶殷殷地望，她望威海，望你。

威海是慷慨豪爽的。姜太公的地盘，今天，你却可以做主。

在这么好的沙滩，这么好的海岸，这么好的季节。

到威海看美女

到威海不吃海鲜，你算是白来。朋友如是说。

我笑笑：没有白来，没吃海鲜，可这一路我看够了美女，秀色可餐啊，怎能算白来？

美女是更合适我的精神食粮。缺少美女，我就写不出诗。写不出诗，再好的地方有什么用，再美的风景也是白来。

那些好吃的海鲜，留给那些威海的美女吧，让她们多吃点，才会更滋润、更妩媚。

威海盛产美女，这话不掺水。

威海的美女指数很高，远远高于北京上海深圳。巴蜀姑娘算什么，江浙姑娘算什么，哪里比得了这里的海女子？

威海的美女，以“黑牡丹”为上品，皮肤淡淡黑、眼睛乌乌黑的那种，嗓音里透着些海浪声、脸庞沁着些明澈笑意的那种。

威海的美女，有着浓浓的海的气质，性格里有盐，味儿咸。

海边风硬，最爱掠夺女孩子的娇嫩。聪明的海女子懂得反败为胜，化不足为优势。劳作中的海女子最美。她们的表情里有阳光，身体里有波涛，皮肤上缀着贝壳纹螺。

海女子顶得起头顶上那片天，踩得实脚底下那片土，日升月落都在海里。

因此，威海的美女有很多海派的绰号：小刺参，海胆妹，硬壳女……

在威海看美女，最好去夜市。你会惊呼，整个齐国的美女都在这里集合了。一晚上能看到成群结队的美女，你的色心会感到很富有，会觉得很饕餮，甚至有些暴殄天物。这威海，你还能算是白来了么？一个晚上的时间就足以教育你，让你长见识。

尤其是在冷冷的冬天到夜市里看美女，美丽又冻人。这么冷的天气里还在辛苦地摆摊练活儿，也只有海女子能够做得到，你见了，不忍心不掏钱。兄弟兄弟，掏光你的钱包吧，留一张返程的票就好。

到威海看美女，你除了极大地满足，还会有深深的失落。因为你明白，那些记在诗经里的爱情，都是威海的；那些写在唐诗宋词里的哀愁和失眠，都是你的。

赶　海

海风吹，海浪涌，海娃来。

小时候赶海，是个趣事——自由自在，欢蹦乱跳，收获满满。

星期天，遇上个适合赶海的潮汐，是一定要去的。潮汐变化每日不定，不是所有的休息日都可以遇到。

赶海前的准备很简单：一把挖蛤蜊的小铲子，一个捡海蛎子壳儿的铁钩子，一只装海鲜的篮子。鞋子也很关键，一定要穿布鞋或水靴，你如果穿了拖鞋或凉鞋去，结果多半是脚要流鲜血，回来痛几天。

准备妥当，直奔海边。小孩子性急，没有大人们的稳健。赶到海边，如果退潮还没开始，就要坐在沙滩上等，大人们聊聊家长里短，小孩子玩砂子鹅卵石。

海水一点点慢慢退去。当它腾出一个窄边时，人们就陆续地站起来，到浅滩上去捡小贝类。

海水退到中间时，会有岩石露出来，赶的东西就丰富起来。大人们蹲下挥舞手中的工具，蛤蜊、海蛎子不断地进篮子。常赶海的人有经验，知道什么样的地方能收获到什么，不会赶的就愣头愣脑地瞎跑，撞到哪算哪。

若你来迟，见海水已经退下一大半，你多半会嚷道，哎呀来晚了来晚了。

几岁大的小小孩们也爱赶海，他们做不了太多，只是捉捉浅滩上一种被称为石蹦愣子的小螃蟹，那蟹一遇危险，就傻乎乎往石头下面钻，结果就是，石块很容易被掀掉，它们一一被捉住。也有机灵的，钻进了大石块的缝隙，让人们干瞪眼，拿它没办法。石蹦愣子吃起来口味不大好，小孩子捉它多半为了玩，它们生命力极强，离开海水可以活一星期。

胆子大些的人随海水的退去，进到没膝盖的海区。这里海水清澈，一眼可看到底。这时候你会发现许多大螃蟹，运气好还能捡到海胆、海参，甚至捉到章鱼哥。威海小有名气的螃蟹品种叫石甲红，它在海里时呈青色，蒸熟后透出非常亮丽的红，味道特别鲜美，尤其是那一对大钳，让小孩子吃不够。小孩子一般捉不住它。偶遇一只，聪明的做法是，赶紧用脚踩住，再找海草包住大钳子，小心地弄进篮子，千万不要被夹到手，那样会很疼，甚至流血。它逃跑速度很快，虽然横着走，你手脚慢点，转眼间它们就呼地进了石缝。

大岩石的缝隙里藏了不少的盘波、海螺，只要你耐心，低得下头，弯得下腰，就会有收获。

赶海讲究结伴儿。赶一会儿站起来看看自己的人哪里去了，若是看不到，就大声喊喊，不要散了伙，等下一起回家。

退潮的时间大约在两个小时后。赶海开始的时候，人们边说笑边收获着，但到后半程就都不说话，赶紧忙各自的。海风把人吹得凌乱，一个潮汐下来，身体很累。

海水退潮慢，上潮却很快，一波一波推上来，你还没有赶够海呢，海就要赶你了。

等到海水没过小腿肚，一定要记得马上上岸，切不可贪心。大海是无私的，只要不贪心，它会敞开来向你贡献美味。若贪心，海水上来了强行带你走。

上得岸，终究还要恋恋不舍，回头望几眼身后的海，意犹未尽。人们端着各自的篮子互相查问赶了多少东西，收获多的笑哈哈，收获少的叹叹气，再前脚后脚散去。

晚饭就做赶海的胜利品。吃趁新鲜，那味道才叫一个鲜美，市场上买的自然无法与之相比。孩子们赶海有所得，常会受家长表扬。小朋友端个盆盆，里面盛满刚煮出来的小盘波，可以几个钟头不动如山地享受着。

……

现在已无海可赶，现在只能在记忆里赶海了——经济的发展已经让我们失去了大自然。海边被层层圈禁起来，盖了不少的工厂、养殖场，海滩被有门路的人包走，禁止他人赶海。

再也没有了小时候赶海的机会。

深以为憾。

冬天看海

在夏天看海谁不会？冬天看海，才是真的看海，才是真的会看海。

去海边最好是步行，别犯懒，坐车真的不方便。倒不是路堵，威海人少车稀，不堵。是不忍见司机师傅手忙脚乱地辛苦，不忍见坐下的汽车轰轰轰吃力地爬坡。这个海边的城市，街道也如海里的波浪一般，一会儿高，一会儿低，难得见平坦地。驾校真要帮学员练车技，就来威海，这里地势起伏，端的是练坡起的好地方。

在冬天看海，最好选晚上，因为有许多可爱的小螃蟹会来找你。记得带上手电筒，那是你和它们亲密接触的信物。蟹爪子，圆溜溜，一只接一只，如同约好的而来。这些个愣家伙，特别喜欢光亮，见光亮就爬过来，不计后果，就像是为了赴爱情的约。给它们一道光，还你沉甸甸的惊喜。

步入幸福门，遥望刘公岛，听海浪声声波涛阵阵，胜过听原味的肖邦莫扎特克莱德曼。

不怕冷，怕冷就不来了。考验你的不光有温度，还有风度。这个季节海边的风，刮在脸上硬硬的。情侣们不怕，小孩子们不怕，你怕什么。那些练习着骑车的小孩子，正从你身边呼啸而来，呼啸而去。

不要总说自己沧桑。沧海桑田，眼前的这片海，说不定曾做过喜马拉雅的大哥。你那点沧桑算得了什么，敢跟它比。

看得海久了，海会对你说：你也是海，我们大家都是海——

男人的海，女人的海。年轻的海，年长的海。你的海，我的海。

眼的海，心的海。

思想的海，智慧的海，爱的海……

海风会告诉你，泪水为什么是咸的——心中有海。心中有一片大海，大海里面有蓝天，蓝天上面有太阳，太阳里面有灵魂的火焰和光芒。

心中有海，你还有什么容纳不了呢？你还会计较几根水草几只贝壳么？

心胸宽容、开阔了，你就是海了。深邃、湛蓝了，你就是海了。做一做海，其实也不难。

忘了告诉你：威海人不太讲究房子的坐北朝南，只要向海，只要能看海，就是好房子，就是好风水。

有人肯掏钱。

刘公岛

海景美丽，历史却很揪心。

积贫积弱，刘公岛这道天然屏障，也阻挡不住甲午年的炮火，入侵的外寇横扫了大清国的海军，炮火洞穿了王朝的龙旗。

岁月尘封雾隐，中国近代第一支海军的诞生地，空留下甲午英烈们的累累碑铭。

那场战争已整整过去一百二十年。今天道来，很有些欲语还休，国耻提起来，毕竟令人难受，但不说不行，因为海底下躺着的成百上千战死的人不会瞑目，海岸上被烧杀抢掠奸淫虐待的无辜老百姓不答应。

现代人本身就健忘，你不常叨叨，他们更不可能记得住。

甲午战争，我们确实需要这样一块历史的伤疤，时刻警醒着曾有的剧痛，在每一个清晨和黄昏。

邓世昌丁汝昌刘步蟾这几个都是谁？胆小的方伯谦、可恶的汉奸后来都去了哪里？还有，战舰的炮筒上晾晒的衣服以及甲板上残破的军旗，都去了哪里？这些人这些物，该铭记的铭记，该寻找的寻找，一代一代不可忘。

刘公岛，这一艘不沉的战舰，从1888年驶来，驶过甲午风云，驶过威海卫保卫战呼啸的炮火，泊进二十一世纪的今天。

又逢甲午，不能不来刘公岛。

刘公岛没什么特别，它只是讲述了一段不能遗忘的近代史。

（选自作者新浪博客）

老商埠（节选）

黄恩鹏

1

面朝黄河，背依泰山。一边是曲阜孔子相佐，一边是邹县孟子相佑。

经三，纬二。东西十里，南北五里。北水大明泽黎民，南山千佛佑苍生。谋篇布局，神迹清晰。老地图，藏着秘笈。一些密码，被枯瘦的汉字遮掩。旷野寒凉，兵燹劫掠，未曾改变地理的关爱。从曲水亭那边走来的少年，散曲一阕，诉尽乡愁。从贡院走出的书生，带着线装书，到闻善茶楼或北洋大戏院，听一场京戏、五音、柳琴、上装吕剧或山东梆子。戏楼开场，粉黛登台。风尘仆仆的人，把交织悲喜的杂曲小令，唱出了高高低低折折弯弯的路径。

舟船。马车。典当铺。洋行。盐铺。米飨灶火。农事稼穑。来往穿梭、忙忙碌碌的民间生活……远近闻名的齐鲁老商埠，从1904年，悄然开始。

2

瑞蚨祥，锦绣美天下。宏济堂，良药济苍生。邮务管理局，鱼传尺素，鸿雁传书。经三路48号小广寒电影博物馆，时光斑驳，覆满了记忆的霜迹。

塔尖柱圆，楼阁庭院。秦砖汉瓦，春秋翰墨。

给泉城划出一个唯美商域，让云和风辨认。泉水绕城，非凡卓然。水在城里，城依水生。水是众生的大悲咒，风花雪月不可或缺。烹茶煮食者，以水为宗教，与世无争，一生澹然。

蜜蜂忙碌着，蝴蝶游离着，知了鸣叫着，游鱼穿梭着。百花洲的白鹅，孵育了一代又一代。历下亭来来往往的飞鸟，风里栽花，雨里种树，过着惬意的好日子。

老商埠，城内城外，草木以坚韧的筋骨，举起一片干净的天空。

3

琴棋书画诗酒花，柴米油盐酱醋茶。

青铜大鼎，石头泉井。黎民百姓与达官贵人，有着同样的至福。

天地大剧场，秘密通道一直存在。怀抱金匮的人，命里修行，守护祖传的老宅。淡淡锦瑟，浅浅清流，一生足够。踏着湿漉漉的三寸青石板，在细雨中凝望空寂。谁的双手接住了暗香，浅渡彼岸？我与那些灵魂相距半个厘米。随便哪位老人，都保留着传统的底片。

一百年、八百年与两千六百年。城可坍塌，泉井永在。活在围墙里的骏马徒有速度和力量，亦无法与旷莽大风中的劲草相提并论。

俯瞰大地，老济南老商埠，被一杆硕大狼毫尽情狂书。

4

遇到叶老汉时，他正从芙蓉街那边取水回来。他带我来到老宅。祖传的石屋，上下隔层，墙厚60公分，冬暖夏凉。打开庭院，水香扑面。百年了，风吹不透，雨冲不走，雷打不动。

善德明亮，众生匍匐。

燕喜堂、赵家干饭铺、草草包子铺、便宜坊、聚丰德，并不高大的洋楼，菜品闻名遐迩：荷叶酥鱼、嫩藕米糕、奶香蒲菜、清汤燕菜、蒲菜饺子、甜沫油旋……

经年的泉水是永恒的赞美诗。

山河安稳，万物闲静，绕树三匝的鸦鸟和嬉戏柴篱的燕雀，月光下自由吟哦。

5

有位皇帝巡游到此，在大明湖边薅了一棵苇子，听见“吱儿”声响。皇帝感慨说：这植物，生在泥里、长在水中。薅拔它，节节能发出响声。它自由自在，但遭到伤害，也会喊痛。此痛，此声，乃民声也。皇帝当即赐名：济南。

济之悲悯、之仁怀、之包容、之豁达，遍及古籍典册——

《淮南子·原道》：利贯金石，强济天下。《论语·雍也》：博施于民，而能济众。《后汉书·卢植传》：性刚毅有大节，常怀济世志。《左传·昭公二十年》：宽以济猛，猛以济宽，政是以和。李白《行路难》：长风破浪会有时，直挂云帆济沧海……

济，喻意深邃的好汉字。悬壶济世，普渡众生；拯人危厄，救民困苦。

（选自 2017 年 8 月 12 日《中国财经报》）

《诗经》浸泡过的泉水

黄曙辉

一个古老的传说，一道神奇的风景。三千年的来木井，现在还可以听到伐檀的声音。

坎坎伐檀兮，置之河之干兮。清清的河水流淌，追问之声，还在河畔回荡。木质的车轮碾过心坎，且稼且穑，割禾打猎。汩汩的泉水，在一部不老的《诗经》里，湿漉漉，凉沁沁，雾气氤氲。

早起，青衫长袖的读书人，持一卷发黄的诗书，井边听泉，品味天籁。沉香木，带着若有若无的香氛，自来木井浙出，钓出旧梦里潜藏于茂密的林木间那些婉转的鸟鸣，一声声短，一声声长。

水质甘甜，满口含香。《诗经》浸泡过的泉水，自时光的深处流出，喂养大了无数诗意的魂魄，如今，只有我还固守在井边，雕栏玉砌。雕刻时光的人，雕刻自己的魂魄。

青衫已破，长袖难舞。读书人在一部经书里裸泳，任何的饰物都是多余。归去，在一处向阳的山坡上躺下，让身子上长满青苔，然后，成为一株木质坚硬无比的檀树，复置于《诗经》，任后世之人手持利斧，一唱一和，坎坎伐檀。

坎坎伐檀兮，一截截的骨头在泉水里清洗成沉香，悄悄地，储藏于人迹罕至的高地。

我把姓氏里所有的光热聚敛于青铜一样的文字背后，等待破空而来的一次宇宙大爆炸。

来木井，我的一部古老《诗经》，在用我骨头支撑的这个世界，于日光和月影里，以无解的神秘，创造传奇。

（选自《大别山诗刊》2017年第3期）

独　坐

梦天岚

起风了，是不是应该早点回去？那些坐在石凳上闲谈和争执的人都走了，可我还坐在这里。湖水拍打着湖岸，也拍打着我，一波接着一波。身边的草丛里传来夜虫断断续续的吟唱。

好几次都想起身，但还是坐着。相对于时间而言，湖水是浅的。

时间越来越深，我和我坐着的地方仿佛正在下沉，是远离尘嚣的寂静，和一颗正在觉悟的被遗弃的心所共同感知的。

夜虫还在吟唱，这略显单调的吟唱在风中变得飘忽。我却愈加清醒。

当我清醒的时候，我是年嘉湖的一部分。我跟着它一起晃荡，摆动，冥想，漾起波纹。

我享受着这样的时刻，它们如同星光，细碎而机敏。

但我终会起身离去，终会从年嘉湖里挣脱出来。当这一刻来临，我会听到撕扯过后的帛裂之声，会有淋漓之血淌落。年嘉湖所收回的，将在黎明到来时奉还。而我将再一次醒来，带着大病初愈时的欢愉。

（选自《中国诗人》2017 年第 1 期）

枯

梅里·雪

我的枯萎、凋零、倒下只是一种静美。

年轮的内部我必备与生俱来的挣扎本性。

西域来的风，戈壁来的沙，把我身体里的花朵拿走，我依然向死而生，等你来见证生命活过的历史，见证枯了的胡杨不再被视为死亡，它和活着一起构成存在本身。

触目生悲，其实我也有突如其来的伤悲，我把远古的时光过成了——枯。

枯了的躯体就交给空旷吧，安静地在苍凉天幕下蜷睡成天地的婴儿。

生命曾经沧海，我把储存一生的盐分都交给阳光，可是阳光一柔软就把我内心蜇蚀的痕迹暴露无遗。生命经历苦难，经历煎熬，也许经历了才算完整。

经历使年轮增了韧，使内心添了柔，一棵树从喧嚣走向平静，从旁枝斜出走向删繁就简，从千年的辽阔走向一堆灰烬……

枯，依然是沙漠中平静的呼吸和心跳。

（选自 2017 年 2 月 16 日《黄河报》）

炼丹术（外一章）

崔国发

需要的是一颗丹心。

我非葛洪，亦不好丹经，如果时光倒流，我会于抱朴子的篇目中，抽取晋代炙手可热的语境。然后剔去井窑里的恨，剩下的一些仁爱，足可吐故纳新。

倘若心尘未洁净，则邪气就容易乘虚而入。

内外兼修，意念蒸腾。修道悟真，金丹难炼是精神。

一次次地开鼎，一次次地研磨药石：烧焙与飘袅，熔解与结晶，甚至于在自我裂变的时候，还必须学会对痛苦的隐忍。

也许我从来就没有奢望，某一天能返老还童，即使在烈火中也未必能永生，但这并不代表着可以随便熄灭我对极度纯净之物的叩问。

但有一点我得说明，只要有恰到好处的火候，我就愿意在淬火的炽热中，恬淡虚无，心齐气顺，慢慢地炼成一副仙风道骨与金钢不坏之身。

点石成金。是谁一直保持着对于仙的虔敬？

耐得住寂寞，稳得住慧心，梦想着某一天，我也能渐渐地炉火纯青——

升腾的是精气神，沉淀的是神丹的灵根……

菩萨蛮

佛寺的钟声敲响：菩萨蛮。

我要说的不是词牌，也不是蛮女的危髻金冠。现在，我只想于蒲团上跪拜：此处心安，愿天下所有的人都积德扬善。

木鱼丁丁。定静与和解，无非是避阴向阳——

“冷中火热中冰，尘非尘苦非苦。”

祈祷或礼忏，渡人渡已，知耻知止，不浮，不躁，不色，不贪。

灵雨，在菩提的叶子上遍洒甘露；祥云，以缥缈与婀娜的方式，表达心中的慈与善；风的缨珞缭绕着心经，垂垂佛耳，倾听到的，是不是一声声带韵的悲咒与梵唱？

坐禅抑或慈航，我看见了头顶上的一道佛光。莲花座上的清雅澄明，处污不染。

无量佛法显示出的心胸，当无限广阔——

宽心容人，吞纳万象。

点燃一炷智慧的沉香，在净无尘埃的庙堂，救苦救难，我只送吉祥。

“永恒归于寂灭，无常归于平常。”

风吹经幡，我听见一声声暮鼓晨钟一次次敲响：菩萨蛮……

（选自《山东文学》2017 年第 8 期下半月刊）

照镜子的人（外一章）

鸽　子

商店门口有一面镜子。

一面小小的镜子里有着丰富的风景。

来来往往经过的人，无论进不进店，无论笑容如花或满面倦色，无论愿不愿意，都避不开镜子审视的目光。

我发现照镜子的人表情各不相同：有人匆匆而过，有人借机整妆；有人面带微笑，有人一脸严肃；有人闪闪躲躲，有人偷偷摸摸；有人慌忙逃离，有人主动靠近；更多的人，站在镜子面前，表情讶异，认不出镜子里的那个陌生人……

只有镜子面色平静，恍如秋水。

我不明白：照镜子的人，可否真正看清了自己。但可以肯定的是，他们的真相都被镜子一一照穿了。

作为一个旁观者。我同样，逃离不开镜子的目光。我同样，在镜子的光芒里现出真正的原形！

（选自《散文诗》2017 年第 6 期）

幕后的人

一定有一个幕后的人在操控着我。让我说出的、做出的和想出的，都不是我真正想要说的、做的和想的。

一定有一个幕后的人让我成为现在的我。让我的笑、哭和怒，都不是我真实的笑脸、哭相和愤怒。

在镜子里，我找不到他。在影子里，我找不到他。在你圆圆的不解的眼睛里，我还是找不到他。

在阳光里，我找不到他。在月色下，我找不到他。在我焦灼奔跑的梦乡里，我依旧找不到他。

我的肯定其实是否定，我的赞美其实是诋毁，我的喜悦其实是伤悲，我的坚强其实是脆弱，我的年轻里有着深深的苍老。

现在，我读到皮萨尔尼克的诗句：“我有过很多爱人——我说，然而最美丽的是我在镜子那边的爱人。”泪水突然在这个春夜迷濛了我的眼。此时此刻的泪水，是真正的咸涩的泪水。而此情此景流泪的我，是真正的我。

那幕后的人啊，我们常常误以为是陌生的第三者，其实那个幕后人，一直都是另一个自己。

我们都渴望成为一个没有黑幕遮掩的真我，却又常常在幕后藏上另一个自己。

（选自《散文诗》2017 年第 6 期）

鱼群轻漾浩大的剧情（外一章）

清　水

下半夜的火烛是影子的秘密。

对黑夜的热爱来自于遥不可及的未来。

走过的山丘。腐朽的塔楼。

而夜风，愈见仁慈。夜风用一个声音朗读出生和死亡。它朗读今晚消隐的星。

湖水经历着火烛和影子的秘密。鱼群轻漾浩大的剧情。

从斑斓的空寂往下俯瞰：

一个躯体颤抖着穿过了一个墙壁。

静默的事物一无所获

风吹落了更多的树叶。风吹空荡荡的橘树。

光的手婆娑枝头片刻流霞。果实弃置一旁。

使路人遗忘了的，橘的果缺少投机的本领和严肃的热情。它们一个个光着脚，打着瞌睡，汁水压裂了黄昏的落日光景。

静默的事物一无所获。地黄花开的早晨，一条河流带走了它们。它们承载那些流水，流水也承载这些事物。下一个季节来临，河水开始变得清凉，它们又会无声无息地回到原来的地方。

河流巡行，一路清洗窗子。瓦片。清洗一些匆匆赶路的内心。

那些细密的、水一样的光温柔流淌。很多时候，这些水也会突然穿过白天的视野，进入一个秘密的山峰或者一条陌生的江流。

我看见一个古老的故事在瞬间发生，又在瞬间消失不见。

（选自《诗潮》2017年6月号）

在吐鲁番

梁北雁

一

吐鲁番一条孤独街道上，无名的潮湿，瞬间被感冒发热的阳光蒸发在高昌古城的幽幽记忆深处。

葡萄籽的声音，打破寂静的冬月。

一个夜晚，没有蝴蝶的歌舞，没有泪水的精髓，没有纯粹的思绪——

爱，只是一种存在的方式。

随意行走，空灵的尘埃，以王者身份，一次，又一次拒绝我回家的脚步。

祭拜的念头，成为春天以后的草地。

疯狂的停留在生命的肌肤里，苍白的血液，蔓延在天山之上。

一朵花，是艰难的过程。

不想回头。不想看到狼烟的姿容。

临近神魔的呼吸中，聆听岸边的风。聆听苏公塔每一寸凄然的往事，诸多神圣，一路走来。

自始至终，看不清真实面目。

二

年年岁岁，枯影漂移。渴望崭新的旷野滋生西去的欲望——

抑或是皈依的灵魂，痴情于伊犁河飞扬的水雾。

喀拉峻大草原痴迷的影子，像是一个女孩子的梦。

蓓蕾憔悴，一定是苦痛的回眸，凝聚在吐鲁番一条孤独街道上，吞噬着黎明的浅蓝——

这一片土质，显得格外禅理。

在吐鲁番，云朵的额头，依然是绽放的佛性。

千年一日，斑斑痕迹，透亮着时间的轮回。

更多的视觉，只是无法掩饰小鸟的断翅。一棵树，孱弱躯体，充满血腥味。

飞翔的果汁，成为大海的漂浮物。

枯萎的竹雕，粉墨登场，无法阻止季节的呻吟。

她们哭着，没有泪水，一直走不出去。

三

快过年了。

十二月二十六日以后的吐鲁番，该是春草茫茫的日子。

古典的坟墓，亦无贪婪的双手。

随意站在落寞角落，就是一处风景的延续。

一个人，翘首期盼大山以外的情节，那个女孩子，回家了吗?

（选自2017年3月27日《伊犁晚报.天马散文诗专页》）

对诗歌的断章取义

绿袖子

我喜欢用文字和画面感应着世间过往的尘土，光，时间——事物以及它们的每个陌生原点的意义，从而寻找自己何去何来的理由。我希望我存在过，爱过，在前世，或者以后，将仍然存在……我喜欢从文字的手指尖出发

经过金子塔上所有目光，偏偏，我只看到枯井深处火苗

也许我在忧思帖上碰出了钟声。那些字里行间沁入石棺上所有的旧意识

旧月光……

我会在我唯一伤心处，听见呼啦啦前世和你无法到来的灵异感，一滴眼泪，换取三生三世，或者一支曼陀罗的音律

听那些弦子，那些低回声，紧扣回环不断的低气息，时不时有笛音绕过你的气场，弄得人心既有凄楚伤感，却又好美好美……

配合自然属性的物象，从室外移居我枕边，雨开始哗啦啦下

原本属于五彩缤纷的梦，就开始风花雪月，就开始灵魂飘飞。偶尔在电话另一端

落叶统统赶去遥远的神塔之外，且自由燃烧，且自由成笔下悲观和寂静的香火

就如同一个人呀，一辈子，一直在等夕阳下的那个人。等着，等着，上辈子散了；等着，等着就到了这辈子……再等，就只剩下下辈子了。

（选自《诗歌风赏》2017 年第 2 卷）

旧房子

彭俐辉

换了主人的门，锃亮了许多。

我记得的那扇窗，还开着，听风解雨，只不过对应的天空，少了早年的晶莹。

周围添了许多新邻，它们的高，映衬了时光的低俗，也黯淡了我曾经的茫然。

惟有那个信箱里，还躺着一封信。

那是写给我的。

就让它躺着吧，——我已经下落不明。

（2017 年第 5 期《散文诗》封二）

谎言与真理

敬 笃

谎言与真理，在任何一个时代，都会发生剧烈的斗争。我们会忏悔，那因战争、贫穷而带来的痛苦与罪恶。

面对上帝，有人哭诉，有人默祷，有人歇斯底里，却从未得到他的眷顾。

被戳破的伤口，鲜血淋漓。在安静的早晨，想起抚慰灵魂的歌，相信一切也许都会慢慢治愈。

生活让我们懂得活下来比什么都重要，现实让我们理解谎言可以虚构一片天空，供人生存。

我们并不迷茫，只是命运让我们前进得更迫切。所有字符构造的空间，都是生存论意义上的家。

一条大河，在我们眼前横亘。灰色的河水，却能倒映出树的影子。波纹卷起，植入心灵。巨大的晦暗，像石头那样沉入河底。

真理终会战胜谎言。人们所向往和迷恋的薰衣草，也会给人灵魂做一次深刻的洗礼吧。

（选自《上海诗人》2017 年第 5 期）

与君书（外一章）

韩　冰

一棵树，一棵茶树，一棵来自深山的古茶树。

它有时是窗，有时是船，有时是纸和笔，鼓琴与丝弦，迎送过往的脚步和驼铃声。

有时是尖刀上的锋和深潭底的寒，逼出指尖的柔和舌尖的绵。

它是轨道，是弓箭。

一两拨千斤，它把纵横交错的江河，重新并立在一起。

它轻轻拨开迷雾，让隐约的山川，展露新颜。

我们并不相识。只是，在通往回家的水路上，遇见了彼此生命中的那个人。

在这里，你听不到风暴的声音，却有摇晃的叶片和果实，大于风声。枝叶间，流水潺潺，不绝于耳。

你来了，它们就成熟，或是凌晨，或是傍晚，摇晃在人间。

太阳和月亮，跟随你的手指，在你的唇齿间升起或坠落。

如果遇到了好的时节：叮叮当当的声音轻轻地响起一两声。

我们一下就拥有了同样的命运。不挣扎，不消沉，不妥协。

叮叮当当的声音又轻轻地响起了一两声，裹着尘世的冷与暖，翻滚，渗透。静默，淡然。

直到太阳再次遇见了月亮。直到，

我，又遇见了你。

端起茶，我们说起别的事物

当风起的时候，在山下，端起茶，我们说起了别的事物。

这明亮。这纤细。这微弱的喘息。

就像春天在人世间停留太久，夏天多出更多的好脾气。

突然离开又转回的人，压扁了怀抱中的黄昏。

他的衣襟，沾满水气。连同无边无际的黄菊花。

大海犹如平躺的马匹，卷起鬃毛，收紧尾巴。压下奔跑在舌尖的嘶鸣。湿润的草木之身，向下低了又低。这些飞翔在山尖上空的鹰。煽动着翅膀，大地上升。

我低头喝茶，黎明从梦中返回，一路上碰碎的露珠，将在彩虹中一一得到圆满。

摇动的臂膀，风暴后的庭院，调制腐烂的花朵和果实。

我多么想说出一片花瓣的繁华和孤寂。

它们清晰地吸吮着四季的流火和潮水。这复活的海。它们上下起伏着，仿佛在复述它们和人类一样葱茏而洁净的一生。

人不走，茶也凉。一个善于内省的人，

是一只空茶杯。一切语言和事物都是多余的，什么也无法注满它们。

（选自《大河文学》2017 年第 3 期）

丁酉清明（外一章）

韩嘉川

是歌颂生命的时节了，有杏花的眼睛在眨动，也有一壶老酒送往山野；

而苏轼在那一年的寒食后登上了超然台，写了一阕《望江南》。

不管烟雨还是新茶，凄凄的鼠曲草芽毕竟萌动了思念。

潮湿的蛙鸣还是一个隐喻，匆匆的流水已染绿又一个华年。

在播种的泥土上，熟稔的气息在暗示，复苏的还有种种魂灵。

郁郁阴风摇动着条条枝头的语言，以不同的骨朵表述度过冬天的艰难。

是什么荒芜了白雪，从云头到地面，是生命的整个过程，却被踏上了无数只脚。

如同雨滴的步幅踏青，溅起的尘埃如同醒来的遗忘，四月的残忍在于润泽。

空濛中的某些含义不详，任目光麻雀一样啄食某些情节，然后四散开去空空荡荡。

纵然郊外还有山野的去向，还有寄存的时光，那么把阳光做一个象征握在手中。

乌云不一定含有湿意，麦苗儿的轮回却在提醒，返青的大地应是递进关系。

超然的苏轼望江南时隔得很远，就像宋时相距今天，因而只能超然……

注：宋神宗熙宁七年（1074年）秋，苏轼由杭州移守密州（今山东诸城）。熙宁八年八月，他命人修葺城北旧台，并由苏辙题名“超然”。

炮火的证词

——有感于韩战俘虏蒋庆泉

雕刻。刀刀刻在心壁上，如当年壕堑里的呐喊。然后，削掉了脸上的肌肉和眼睛里的光泽，用骨头叙说那一个个煎熬过的日子，像秋虫的点点嘶鸣，都刻成了印模拓印在意念的岩石上，而泪腺却依然包孕在皮下，久久等待证词从荒草中长出嫩芽。

壕堑。呼唤的炮火居然失信于那片焦土的坚贞，而历史的弹坑却依然沉埋了战友的幽灵；一个甲子的秋雨秋风，也依然惊心于草莽间的匍伏者，以一只露珠的力度，睁大被硝烟涂黑的眼睛，洞窥天际风情……

而划过天空的弹道，一次次升起庆典的焰火。

证词。无声的炮筒没有证明你的忠诚，却傲慢地依然昂首天空。被季节俘虏的雁鸣，与沼泽一起辨认芦花与霜雪的区别。沿着庄稼地的沟垄寻找种子的记忆，而泥土的证词，是遍地花瓣，覆盖着你的呐喊。

霉变的谎言终成苔藓，太阳到了另一边。

（《山东文学》2017年第6期下半月刊）

雨落江南

朝　颜

1

三月的江南。微雨，轻风，春的序曲悄然揭幕。小草欢欣地拔节生长，有一种力量在迎风飞翔。

一道通往芬芳的大门被开启。桃花带雨，噙住微笑的泪滴。田埂上，洁白的李子花淡若处子。在宽宽窄窄的菜畦缝隙间，宝蓝色的小野花，睁大了它湿漉漉的眼睛，将开放的快乐肆意地宣泄于目光之中。

土地新鲜而又柔软，饱浸了湿润的心事。一双赤足走进稻田，将农谚洒遍江南。斗笠、蓑衣、高锄，还有闪亮的犁铧，都是春天里最厚重的道具。一双热烈的手在风中舞蹈，断不辜负了这三月的雨。

雨落江南，必有一支美丽，在三月里悄悄吟唱；必有一朵希望，在三月里静静地开放。

2

一段鸟音，从季节的最南端出发，穿过雨雾，穿过平平仄仄的叶脉。春天的欢悦，比清晨提前醒来。

窗外的古樟树上，喁喁的私语藏在三月的深处。这是一些萌动的日子，绿叶遮掩了一场爱恋的秘密。巢外，烟雨迷蒙；巢内，正酝酿着一幕缠绵悱恻的温柔。

不需要太多的时日，当两对剪刀似的羽翼，飞驰奔走于雨中的原野，必定有几只嫩藕般的脖颈，向着巢穴之外伸长。它们张大了尖尖的小嘴，咿咿呀呀地唱着盼归的歌曲，就像一支春天的短笛在吹响。

雨落江南，多情的三月里，总有着莫名的感动在滋长。

3

小桥流水，杨柳岸。有雨做的珍珠自叶尖悄悄滑落。

一滴，又一滴……梳洗着春天的面庞。

一只红风筝由远而近，许是飞得累了，栖落于杨柳梢头，给那长长的发丝，挽上了一个漂亮的蝴蝶结。奔跑的足音，和着喘息的节拍楔入大地的脉搏。孩子的脸上，洇染着酡红的春色。他和拂堤的杨柳一起，醉在春烟里。

一群白色的鸭子追赶着微雨的脚步，滑进碧波的笑靥中心。那是最初的桨声，以一首渔歌的韵律，划过了江南的婉约。

小桥倚栏处，有诗人把雨伞丢在风中，任思想随着柳絮自由飘扬。倾听三月的呼吸，与一泓涛声私语，思绪飞处，如梦如幻的意象如春水一般饱满，动荡。

雨落江南，穿透时空的光亮。雨声里生长着的一切，都是春天的恋人。

（选自《诗歌风赏》2017 年第 1 卷）

落日水边，内心的秋境

棠　棣

走在秋天的傍晚，在时间与空间的交汇点，一枚泛红的落叶在风的漩涡中，旋转出潜入内心的静美。

在河之洲，相向而立的蒲苇在暮色中彼此致意，微笑着互道生命最后的珍重。

常常，在不经意间瞥见的那一行雁字是天空最完美的诗行，把神思平仄成时空紊乱的远方；常常，在凝眸远水之时，驮着晚霞的孤鹜闯入眼帘把内心涂鸦成落日黄昏的苍茫。

作为一个不适合抒情的季节，秋天总爱用万物生命最后的尊严造境，然后温柔的一刀，让身在远方的人捂紧心口的疼痛。

客心惊罢，芦花飞雪。蒹葭苍苍的水面，谁的思念在晚风中凝成透骨的霜。

（选自《湖州晚报·散文诗月刊》2017 年第 2 期）

独立苍茫——海龙囤悲歌

喻子涵

我一定要爬着绝壁而上，沿着天空、云海的大道，找到一条血性的河流。

一座天空之城，风云交汇的巨大构想。

飞虎、飞龙，是一种雄性的象征。磅礴的底气源于七百年的保家卫国。直到穿上飞鱼品服的忠贞与豪迈，筑就一方坚不可摧。

应对东西南北，小心上下左右，无论什么危情和处境，都不选择放弃与逃亡。

或许才气过高，又言理想太盛。政治暴力源于政治符号。

不就是一座山吗？戴着它的花冠而已！

一场灭亡真的发生，为另一场灭亡成功预演。

一条深涧，无数生灵构筑另一座宏大的建筑。

暴力与暴力的角逐，我溪流的双手无能复原他们最后的刀口。

或许他们拒绝我的柔弱，愿以长眠捍卫自己的品质。

满山的猴面鹰，伫立深夜的峭崖，此起彼伏的呵嗬唤醒沉睡的灵魂。

磷光照亮清泉之路，数万清醒的面目回荡在呵嗬的笑声里。

黎明到来之时，露珠依然苦涩。

我抚摩第一缕阳光照亮的岩石，坚硬的伤疤生气蓬勃。

一如继往的孤傲，满囤不倒的废墟，

尽是肉眼不见的碑文。

烽火一直燃着，青烟里的美人笑靥如花，一代比一代好看。

飞凤关有着双关的修辞，也有着历史的宿命。

虽不及铜雀台的盛名，但屯集了满囤的想象、青春意气，也屯集了隐匿的暴力，未来的战争。

历史并不想重复它的细节。飞凤关的废墟卓然峻峭，充满传奇甚至诗意。

作为事件的主人，必然属于情感的物种，来自宇宙的优雅情感注定他的悲壮宿命。

于是，时空会弯曲，它的涟漪改变着事物的走向。

有时甚至是悲剧的发源地，有时面临绝境，情感或爱情也是人的庇护所。

那些石头的纹路里，季节一幕幕更替，命运则是一条由季节和情绪汇成的彩色河流。

人在季节的中心，像鹅卵石让时空飞速打磨。无须人物和事件在浩瀚的历史中布满歧路与纷争。

硝烟过去，当历史清醒过来，人们总会记起肃杀中那一丝柔和与春意。

冷艳的城堡，男人和女人的故事总是风景的主角。

人是角力场中的一枚棋子，正如我此时独立苍茫，仍旧被各种力量围剿。

一切又是宇宙抛出的微尘。女人、将军、城堡，情感、暴力、战争，生死、朝廷、口号，以及一切的历史……

各种事物呼啸而来，又席卷而去。有人点亮暗夜，也有人毁灭辉煌。

战争或许是表面涂抹了双方脸色的游戏，而人间悲欢离合，也只是一段经历毫无知觉地向另一段经历滑行。

没有牢不可破的江山，也没有绝对的正义与胜负。

苍茫之上，飞凤关的女人只是一个影子，面纱消失，

留下一面石墙的传说。

（选自中国散文诗研究中心微信公众号 2017-03-03）

他粗壮的手指弹破烟灰

鲁　橹

楼房那么高，威武，像神话中的城堡，白色的墙壁如同刚刚复活的脸孔。

复活的脸孔，它们从哪里来，哪里有大火曾烧灼这冷冷的神情。

春天近了。院子里的花开着，那些精心打理的园丁，他们指给我路，指给我房间，

他们，有着朴素的温暖。

而房间。房间里暖气扑面，一只沙沙运行的笔，记录着事故，回味着事故，

它完全不顾我的哆嗦，它完全像个写故事的人，把细节问了又问。

青草茂盛，修理的大坪上，有麻雀飞上、落下，那么无忧无虑，

我看着它们，分散自己的心情。笔是刀刃，但没看见血，没看见灰烬。

青草也没看见，唯一分担我的忧虑的是花园里的园丁，他的剪刀正剪去去冬的枯枝。

声音没有温度。那只停顿的手，粗壮的手指弹破烟灰，在白瓷的烟灰缸里

一缕青烟悄无声息。

（选自《散文诗》2017 年第 1 期）

米勒：《捡麦穗的人》

鲁本胜

麦是漫涌的波浪。
落潮之后，便是大地优美的圣餐。

三个农妇，粗布衣裙；她们身后，是晴朗的天空；
她们的手指纤秀，热情高涨；
她们，身姿迥异，比上帝的女儿，还要绚丽。

接着，迷人的色调，悠悠响起。
大地，正在她们脚下放声歌唱。
麦穗，汗水以及稗草，持续生长着——
道不尽的慈悲。

瞬间，阳光被云悄然擦去，模糊了的苍茫暮色，再一次出场。

（选自《大沽河》2017 年第 4 期）

生命的茶园

鲁芸妍

一座花园，在他的眼中就是一片废墟。他说它们错过了自己的驿站。他说，它们还会错过打谷场、一阵雨和一眼井。

从那里走过的人都会失忆。包括草木，包括虫鸟。直到遇见谷雨，遇见茶园。

油绿绿的山路上走过的身影，遮住了屋檐下所有的忧伤。

掀起茶盖，一碗茶汤闪出光芒，满园旖旎。篱笆墙外已少了春风。身后的蔷薇发出绿光。一只小蜜蜂，等待伸出的枝条。

花影疏漏，羽摇残梦。轻轻捧起茶盏，像捧着一鼎小香炉。

喝了一口茶，他停顿下来，凝视杯中的茶，默不作声。仿佛一座走失的茶园，正与退潮后的另一片茶园做秘密交谈。

午后，微雨，黄昏的窗外，几只鸟儿悠然飞过。

屋角，团在几张荷叶上小青蛙的鸣叫，让佛龛上的檀香又短了几分。

杯中的叶片还在上下起伏着，探究着自己的人生。

我们拿出夜晚，拿出白昼，拿出星星和太阳来，唤醒沉睡在杯底的银河。

大队人马走过，一个人留了下来。

天边又响起滚雷。他从原木书架上取下一卷经书。他在里面松土、种茶，汲取甘甜的井水，滋润日益焦渴的尘世。仿佛一个蹲下说话的人在探究他生命里的湖泊。

随手拈来的一注水，抹去历经尘世的慌乱。一些人通过水路，脱离了苦海和险境。一些人绕过倾斜的花架，被诚实的大地收留。

另外一些人，仿佛沾满时光尘埃的老梗茶叶，等在喧嚣的岁月里，慢慢舒展。

唯有反复浸泡，独自把味提醇。

才能减少内心沉寂的苦涩和疼痛。远离尘世之苦。

谷雨。茶。岁月静好。

（选自《大河文学》2017 年第 3 期）

水　路（外一章）

鲁绪刚

体内装着棉花。依然弯曲的是路，水，为谁而伤感？

内心柔软的部分，借走了月光和轻风。涉水远去的那个人，哼着家乡小调，背影模糊。

山峰的倒影，以思想者的身份，踩着谁的岸？岸石是不愿触碰的往事，揣着岁月的欠条，困在情债里。风帆落下了黄昏。暗礁和涛声在泪光中平息。

弯曲的水路，一直这样弓着，努力托起并不皎洁的明月。闯滩人，一生都在水路上荡来荡去，跌倒过，受伤过，并且还要继续。如果水草枯竭了，伤疤就会裸露出来，就会有十万支桨橹，塞满空荡荡的船舱。

一座村庄

方言还在。镰刀坐在土墙下，早已不再开口。一座村庄在孤独中享受孤独，有谁能从纵横交错的山路中找到答案？

时间盗走了火柴，把几颗孱弱的星星留在天空，藏在泥土里的阳光，时时刻刻想挣脱束缚，完成一次涅槃！

一座村庄碰疼了一代人的脚趾。青春和血液，在泪光中汹涌。

一座村庄被一盏油灯困住，昼夜干咳，握不住的流水和衣袖，在童年的草尖上摇曳着风声。一座村庄缄默着，道路就和车轮一起生锈，只有炊烟，依然抬起村庄仰望的高度。

（选自《星星·散文诗》2017年第5期）

膀子村的冬天

湖南锈才

老屋。膀子村。夕阳下，东一间西一间的，断壁残垣。

像看一场惨烈的战争片，到最后，只看到废墟，和摇摇欲坠的孤房。

当年为争一小块屋地基，打得头破血流，继而互不理睬斗了一辈子的两个人，一个成为对门坟山的一部分，一个背已驼到贴近地面。

在时间面前，无论你是主角，抑或配角，都沦为惨烈战争片的背景。

我只是侥幸还苟延残喘；但已是缺了一条手臂或空了一只裤管的老兵。

（选自《星星·散文诗》2017 年 8 月下旬刊）

我所完成的音乐（节选）

湮雨朦朦

水声，从容地翻过一本书，抑或天空的轻盈，一道彩虹从体内喷薄而出。

哦，羊水你孕育的，和你一起最终离我而去我看见啼哭，乳汁。

我所完成的最高音，被正午艰难地唱出，

哦，这幼小的音符，幼小的一张弓，从我的肚皮滑向天穹

我吻你，抱你。你是六月的掌上明珠，我轻轻地告诉你，日子是我们俩的。

我稚嫩的音符，留声机的大合唱是大江们的，滔天的古典

我用一支银器的白吹拂，我用一个纯蓝的天覆盖。

哦，门前的湖。你注定是人世的银器，把我的皮肤，黑发，骨头，灵魂，爱，还有一碗蜜汁统统洗净，然后我带着我的弓，然后我织一张帆，然后你是我的船。

允许有瀑布。允许你发亮的眼睛。允许你抱我入怀。

我心生感动，你的气味很浓，脖子有些松。你一个长长的过门，我凝望着这根竹。

黑暗，左边的窗。

我用力咬，结果是疼。

所有的秒针指向你，你是画，你是一行行娟秀的小楷。

我挨着一触即发的交响乐，顷刻山崩。

我知道枕下的荷是我们的，她开着；我知道瓶中的浓郁是酒的，她也香着。

我所完成的音乐在你的心里，在我们的大日子里，我再唱一次，

你的黑发将冉冉泛起。

在雨中，我大雨滂沱。这无法启动的情思，无法相认的手印。

我挥舞着一首诗，她是木质的，是我八月的蓝涂抹而成，她一直在雨中行进，向着你向着我心中的最强音，在诗里，我涂上唇彩，坐在一根金色的铁轨，想着对岸的芦花，多像我们，多像我朝着爱情。

（选自《江西散文诗》2017 年创刊号）

静水无痕

温秀丽

当我写下水，一滴露正好从身边的紫薇树叶上滑落下来。

洞箫之上，声音划破的是一些词语的坚硬。

水抱紧水，将白昼和黑夜的距离缩短到一缕檀香的气息里。

水是一个人情绪的修辞，每一滴水里都住着一尊佛，庄严，隐忍，八风吹不动。

当水和水之间的缝隙里藏进繁华，水和万物之间的缝隙藏起卑微和光亮，水就高高在上。

我来不及说出朝阳的耀眼，更来不及汲取一朵微澜让自己沉醉。

路上的萱草，树木以及起伏的山野，都是暂居尘世的旅人。爱了恨了，无非是烟花过后的一场冷寂，迟早会像燃烧的火焰熄灭。

被遗忘是一定的，遗忘的有你，有我，有黑夜和雷电。

水的光阴里长满触角，白天飞翔，夜晚降落。水草和虫鸣是水骨骼之上衍生的呼吸，谁也不用懂谁，它们的身体里布满天空的蔚蓝。

一瓣花朵落在水上，像一叶舟，水不动，它不动。

（选自《诗选刊》2017 年第 11、12 期合刊）

断 章

谢克强

音 乐

1

渴意，尾随灼人的阳光阵阵降临。

断弦的深处有日渐枯萎的岁月，失恋的土地与干裂的嘴唇，都在等一场雨。

一棵葱郁的树站不出风度，固守枝头的爱的叶子，耷拉着脑袋打不起精神。

风，喑哑无语。

站在旱原，我感觉着生命的渴意，而难耐的渴意从我的一个毛孔焦灼地呼喊。

天空，装聋作哑，一张被阳光灼烤得有些焦红的脸，似没有任何表情，无动于衷。

雨，似被时间彻底忘却。

啊，多想在一个多情的雨天，听淅淅沥沥的雨打在蕉叶上，看初绽的花瓣上有激动的泪珠在滚动，或者让干渴的小草、苦菜花和菩提树获得一次感情的淋漓。

突然，音乐响起。当我的指尖感悟着昨日的回忆，便情不自禁地捧起一捧清脆亮丽的音乐，就仿佛捧起一捧清新透亮的雨滴，滴进我的焦渴，给干涸的精神洒下一滴一滴甘霖……

我听见，从断弦的深处，有拔节的声音间歇地传来。

2

远山缄默。

遥对远山，没有语言，我默默坐在岁月的一隅，听音乐由远而近走来。

音乐啊，你是怎么知道我陷于无以名状的受挫的烦恼与不甘失败又不甘沉沦的悸动不安呢？当你飘忽的步履携着旋律的清风温馨而关切地拂去我满身的征尘，当你无须翻译的语言缀满音符的白云轻柔而动情地抚慰我心灵的创伤，我那昨日的故事便不再流血了。

窗外，阳光在枝头上开成花朵。

我不是花。沐浴在永恒的音乐之中，我庆幸自己像一头舔好受挫的伤口又吃饱了露水草的斗败的牯牛，

安静了片刻，又跃跃欲试……

迷　失

在风云诡谲的海上，搏击风云的海燕不会迷失；

在苍茫深邃的夜里，突破重围的蝙蝠不会迷失；

在冰雪覆盖的雪原，寻觅食物的野鹿不会迷失。

呵，你问我在风云诡谲的海上、苍茫深邃的夜里、冰雪覆盖的雪原会不会迷失？

我答不出。

梯　子

1

抬起头来，瞩目高处的高处。

从山里的树林里走来，这两个有些瘦削的汉子，携起手来，携成一种悬念，

就匆匆闯荡世界来了。

2

墙是坚固的，且巍峨高耸。

依靠着墙，梯子趾高气扬地站了起来，不无骄傲地说：来吧，踩着我向上的肩膀，朝着另一个更高的地方，一步一步登高，无边的风景就在我的顶端哩！

墙不动声色，望着起自平地伸向高处的梯子。也许牆在想：要是没有我呢？

3

抬起头来，瞩目高处的高处，让每一个意象每一个欲求都葱葱郁郁、争先恐后向上攀登。

梯子默默地承受着这一切：欲求的疯狂、意象的重量。

当有些人，朝着更高的地方，沿着梯子的肩膀一步一步爬上去，爬到后来，竟从高处摔了下来。

我不知道是不是梯子的错。

远　方

绕过这个峡口，便是远方了。

远方，那是我日里憧憬的地方，也是我夜里放飞梦想的地方；因而，它会给我培养无穷无尽的丰富的想象，当然也会繁殖忧伤……

这不，当我上路远行，朝远方走去，崎岖坎坷的路留下我一个一个坚实的脚印，不仅把磨难写到极致，也把坚韧映得辉煌；若是再让汗水与泪水，还有血液的回响化作一场烟雨，那路就迷离成一部传奇。

又是霜风雪雨。

那远方的太阳呢，请站在那儿，用你热烈的目光迎我！

（选自《诗潮》2017 年第 10 期）

读视频“母驼喂乳”（外一章）

蔡　旭

这只母骆驼，竟不肯为它生下的幼驼喂乳。

是的，它不愿，因为它不会呀。

不只是它，许多母驼的第一次都是这样。

这时，马头琴来了，女歌手来了。

两根琴弦就是两条小河，带着深情从草原上缓缓地流过来。

歌手一边抚摸着母驼，一边用悠长的歌调，唱响了悠远的回忆。

那是劝奶歌，那是母驼小时候听过的歌，母亲给它喂奶时耳边响起的歌。

听着听着，母驼的眼角，竟淌出了泪水。

神奇的力量，音乐的力量，更是母爱的力量。

母爱传承了，母爱苏醒了。

于是，母驼亲近了亲生儿，幼驼仰起头，尝到了母亲的甘露。

喂乳成功，母驼就会照顾自己的幼儿了。

一个庄重的仪式。一堂内蒙古牧民用琴声与歌声传承的课程。

感动了骆驼，感动了牧民，感动了读者与观众。

感动了联合国教科文组织，“世界非物质文化遗产”，就这样申报成功了。

我对着视频，看了一遍又一遍。

看见了远去的母亲，她带泪的眼眶，湿润了，我的眼眶。

（选自 2017 年 10 月 11 日《新民晚报》）

水 瓜

水瓜与水瓜是不一样的。

尽管也叫一样的姓名，也穿一样的绿衣裳，一样灯笼般挂在菜地、沟边的篱笆上。

尽管也一样能清热解毒、化痰止咳、健脑美容……

不过，那些年轻的瓜总能得到更多的喜爱。

它青翠欲滴，细皮嫩肉，容光焕发，吸引了更多的目光，与手机的闪光。

摆到餐桌上，无论清炒、凉拌、打汤，以其清甜与鲜滑，博得了更多筷子的青睐。

而那些老瓜，皱纹都已生到了肚子里，确实落伍了，过时了。

光阴无情，潮流无意，风气无奈，它们也只剩下一地叹息了。

其实，情况完全不是这样。

那些越老越韧的老瓜，正在默默地织它的网。

妇科医生说，水瓜络，更是通乳催乳的宝物。

家庭主妇说，水瓜筋，用来洗碗擦桌子，爽到掉渣……

水瓜与水瓜是不一样的。

不一样的颜值，各有各的价值。

（选自 2017 年 9 月 12 日《新民晚报》）

成熟的味道

蔡兴乐

只要透过一片高高的玉米林，就能够瞅见岭坡下的几间老屋。只要走过举着火把的高粱地，就会看到老屋前头发花白的娘，正在洒扫庭除。一群黄口鸡雏，围着母鸡尽情地撒欢和觅食。

这是非常接近十月的分水岭，遍地的庄稼散发着成熟的味道，和一种丰收之美。满岭满坡的高粱、棉花和大豆，就要住进修葺一新的粮仓。而庄稼地外的部分，则茂盛着狗尾巴草、打碗碗花、菖蒲，以及更多叫不出名字的小花小朵。

它们与岭坡下那几间老屋一起，与围着母鸡撒欢的鸡雏们一起，与我那头发花白的娘一起，在夕阳的余晖里，不动声色地，就构成了一幅剪影般的水墨画，如此凝重、本真而又栩栩如生。

（选自 2017 年 7 月 30 日《合肥晚报》）

一根神木，在青神江湾园林打坐（节选）

鲜　圣

（1）

那是从未开口说话的一棵树，现在，端坐在青神江湾园林，打坐，沉默千年。

乌黑，内心发亮。与众不同。

看似容易破碎的脸上，沉淀数万年风云。

数万年时光中，它并没有发芽。

埋在地下，再一次活过来，转世之后的身姿飞翔久远。

在时光隧道行走，脱胎为鸟的形象、走兽的形态，换骨成花朵的形象以及众多人和神的形象。

（2）

不高，也不矮，从未开口说话的这棵树，失去枝枝叶叶的牵挂。

我无法形容它埋在地下成长的每一天是如何度过的，我只听到它的血脉里有一阵又一阵的涛声在翻滚、涌动。

倒下去的那一天，它以毁灭的方式重新为自己找到另一种存在、复活的方式。

现在，它活着，活得铮亮，活得坦然。

端坐在青神江湾园林，至少也有三千岁。

依然有根、有魂，有一双乌黑发亮的眼睛，仰望日月星辰、凝神人间风雨。

站立的姿势，像一只手臂把天空托起。

（3）

数万年时光中，只剩下一身骨骼。

它只能在地下呼吸。只能在丢失的荒原独自成林，化为林木之神，与风云共舞。

对于昨天，这棵树并没有刻骨铭心的记忆。它在痛苦中死去，又在寂寞中活过来。

现在，端坐在青神江湾的园林里，打坐，看似沉默，事实上，它在述说。

栖息在它怀里的一只蝴蝶，与它有缠绵的话语：破茧成蝶，是它们共同的话题和命运。

打坐的片刻，它醒来，园林一片寂静。

（4）

它的存在，是一次生命的还原。

林木森森的世界，众多的树，在死亡路上早已腐朽为泥，它依然保持一棵树的形状，身上，有烈火的图案。

地狱之火，替它练就一身坚硬的筋骨，站立起来，被重多的树包围，尊称为“神木”。

它在微笑，脸上泛起历经磨难之后荡漾的层层波澜。

一棵树开始讲述的，不仅仅是生死的决裂，还有沉淀的悲壮。

（选自《四川诗歌》2017 年第 4 期）

开阳散记

熊　亮

放慢脚步，停下脚步，好好地聆听开阳的风。

风从乌江来，从高天流云来，从南江大峡谷深处而来。

重重叠叠，诗在这里逢春。绵绵不绝，诗在这里燃烧。

散文诗，就该在峡谷中穿行，就该在篝火旁书写，就该在高天流云下舞动一根竹篙撑开险滩暗礁。仰望，雄鹰的翅膀丈量南江大峡谷的苍穹。

艳阳。笑脸。

忘却繁文缛节，忘却长长的路，融入峡谷急流，穿插，碰撞，聚合。

云，水，岩石，还有那些静卧的补天遗存，那些没有来得及化为文字的美酒与话语。回眸，回眸，还要继续。用一杯杯烈酒用一声声问候，用一行行文字，换取难忘的回忆。

用我不息的脚步，追逐你的大美。用我尽情的呼喊，书写天边的云霞。

最后哦，用这片从容的秋色，拥南江峡谷的幽深，从贵阳，入开阳，谒遵义，去水城。星夜兼程，用南江玉液贯穿我的柔肠。

回眸，猜想金秋圆月必然高悬；回眸，耳畔是诗友们的祝福；回眸，篝火还在燃烧，插播广告还在继续；回眸哦，张张笑脸就在相册鲜活。

（选自 2017 年 10 月 4 日江西散文诗微信公众号）

吹笛子的人

熊元善

吹笛子的人，他长发飘散，一袭青衣；他右肩挎载着的浅蓝色的布袋上，插满一支支金光熠熠的笛子。

吹笛子的人，一边快步行走，一边吹奏着笛子，用笛声来叫卖他的笛子——车水马龙与他无关，都市烦躁的心跳与他无关。他只是没有目标地行走着，只是在行走中吹奏着他的笛子！

吹笛子人的心里一定装着他的家乡——给我们的想象移添来某个地域风景：他的家乡一定是竹子的故乡；那里有着潺潺流动的溪水，轻轻飘动的竹筏；一定有他童年欢快的笑声，从郁郁葱葱的竹子的缝隙间流过，牵引着蓝天白云悠悠地回旋……

吹笛子的人使我想起家乡苦涩的童年，想起面颊如苹果般绯红的阿妹，脚穿露出小脚趾头布鞋的阿妹——为争夺一支笛子，我把八岁的她推倒在地（现在看起来简直是不可饶恕），我为夺得一支笛子而深感快意，我把她气得赌气地直哭——她用小手捂住红嫩的面颊，呜呜的是那么伤心、无助地哭呀哭……

三十多年过去了，阿妹身居何处？她现时的境遇如何？一切无从知晓……她那浅红色的蝴蝶结，成为我记忆中忧伤的红晕！

吹笛子的人吹奏着笛子——

他的脚步丈量着都市的大街小巷；他清脆的笛声引领着都市上空的鸽子扑棱棱翻飞。

他高亢的笛声使城市变得宁静；他跳动着的手指下的笛孔，流出六条细长的笛音，飘进都市人家的窗户，使人嗅到竹笋葱郁的气息！

噢，吹笛子的人——他动情的笛声软化着都市的僵硬，使都市人长满老茧的内心变得柔软！

吹笛子的人，他也许是在讨生活！抑或不完全是为了讨生活！也许他只是和我少年时那样，喜欢脚穿布鞋，喜欢浪迹天涯……

吹笛子的人只是没有目的地走啊走，只是一个劲儿地在吹呀吹……

——吹笛子的人哟，你是我不认识的兄弟！你今晚将露宿何处？微凉的清霜会不会打湿你那飘逸的长发？

（选自 2017 年 6 月 20 日《郑州日报》）

雪

缪立士

1

雪将降临。
覆盖一切，也照亮一切，使白更白，黑更黑，
龌龊更加龌龊。

雪是理想，也是过错，
把你惊醒，也把你遗忘。
大雪纷飞，宛如钟声飞扬。
走在雪中，我感到无比苍老，也无比幼稚天真。

2

也许这世间有太多的黑与脏，
雪才从天上降落下来，用洁白的身躯把大地刷白，把人间刷亮。
但她知道，这人间并非久留之地。
人们需要青草绿树、虫鸣蝉噪，也需要牛羊奔跑。
于是，她听从阳光的提醒，悄悄地离开。
细心的人呵，你会看到她离去时清凉的泪滴。

3

如果没有雪，人世间就会烟尘弥漫，
花朵失去色彩，流水不再欢歌。
呜呜呜叫的风便会失魂丧魄，感到空虚，感到悲凉。
如果没有雪，时光将变得灰暗、枯燥。

奔跑的马儿收住马蹄，英雄藏起弓箭和刀。

孩子们的笑声变得僵硬。夜变得更黑，黑黑的睡眠里没有梦。

如果没有雪，就没有真正的别离和相逢。

诗人失去灵感，诗歌失掉了意境。

4

雪在叫，在吱吱地欢叫，在屋顶的瓦片上叫，在枯草上叫。

雪在叫，在吱吱地欢叫，在白天叫，在夜里叫。

雪不会亏待我们。

我们把一生交出，托付给雪。

（选自《散文诗·青年版》2017 年第 4 期）

骗　子

墨未浓

摁下的那一个按键，再也没有弹起来。松动的弹簧像一头老口的黄牛，反刍并且无奈地摇着尾巴。从田野到闹市，从城市到农村，烟火缭绕之处，闪烁着迷离而恍惚的目光。在这些市井幽深的面庞上，有一种气味无处不在。

无法定义那些熟稔到陌生的面孔，那些语言的碎末叮叮当当地泛着金属的声响。魔咒般的嘴巴蠕动着，携带着一股冷冷的风，裹挟着人群不由自主地向一个方向倒去，倒去。

没有任何理由不去接受。

甚至，许多人的心都为之折服。

在迷雾中懵懂无知，醉卧在舒心的花坛中心啜饮着一生的琼浆玉液。当然，谁也没有注定就要这样，就要心服口服地敞开自己的大门，敞开自己所有的口袋，敞开自己久闭未启的心扉……

这是一场阴谋与道德的较量。

阴谋理直气壮，道德萎靡不振，轰然倒塌。

吃着夜草而日益肥壮的畜生越来越多了。

吃着干草而挤着牛奶的牛日益消瘦。

在万物宁静的交媾中，失语的土地沉默着。岁月的羽毛在老去中飞逝，许多古老而坚固的磐石在酸雨中松动，松动。

一片叶子落下来，谁能分清它的脉络？

（选自《大沽河》2017 年第 3 期）

那些渐行渐远的情节（外一章）

毅　剑

北临黄河，西依嵩山，3600年前曾为古商都的城市，有着我过多的脚印散落在这里。它无处不在开挖，无处不在扩建，无处又不在拥挤着的世界里，让我记忆深处的一些只属于我自身的情节渐渐散落。

作为地处中国地理中心，全国重要的铁路、航空、高速公路、电力、邮政电信主枢纽城市，中国中部地区重要的工业城市。20多年前，我熟悉它众多的高楼、众多的道路和众多郊区的村庄。就像我熟悉自己出生的那个小村，熟悉它的庄稼、树木和河流一样。

那时，那位像亲生父亲一样的老人还年轻，他每天骑着属于他的那辆除了铃铛不响其他全响的自行车上下班，从棉麻公司到一个叫府君庙的村庄，近六公里的小路，我从来都没有感觉到很远。

二七塔旁的行走，国棉五厂边的逗留，建设路或工人路上的散步以及碧沙公园内的伫望，我青春的影子耸动着过多的激情和热爱。

如今，这一切都只是痕迹，过多的车辆、过多的高楼、过多的高架桥下，我甚至再也找不到它们具体的位置。也像那位如今患了老年痴呆症的宋增顺老人一样，他不再认识这个世界，不再认识他的亲邻甚至子女。但他会把陪他散步的老伴当“领导”，进家的外孙当贼或同事。我给他倒酒，他会毫不推辞，像喝白开水一样一口喝掉。

我知道，这些情节也会一天天老去，也像20多年前那些渐行渐远的情节一样，一天天的散落、遗忘……最终在时光深处消失。

只留下：郑州——这个空空洞洞的名字。

注定只是路过的一个县域

一个我从没有驻足过的县域，事实上，我与它早就相识。

一路向南，车过信阳，在湖北东北，大别山西段，它“七山一水二分田”的地形特征，它横跨淮河、长江两大流域的水系，它现辖 14 个镇，3 个乡，359 个村的人口和面积，它以北部五岳山、西部娘娘顶、南部大悟山、东部仙居顶四大主峰构成地貌的基本骨架……这一切的一切，都来源于你和她的嘴里。

多年前，我在一个城市认识了她；在另一个城市认识了你。我曾向她提起过你，也曾向你介绍过她，只是两个不同的世界里，你们谁也触摸不到对方的影子。

只有一个县域的名字，只有一片曾属于你们共有的山山水水，只有一种土生土长的相同乡音，从不同的地点、方位和角度，向我传递着相近的亲情和相似又相同的气息。

许多次，在飞驶的列车上路过，我都努力透过两边的窗口深情地张望，我试图在这片原本就属于你们的土地上，看到原本的她和你，看到你和她曾向我表述过的一草一木、一山一石，尽管我也知道，你不在这儿，她也不在这儿，但我还是想印证一些有关你和她的影子。

在最初的花朵零落的瞬间，一位高僧在佛光的深处顿悟出了世间的生死。就像我注定只是路过的这个县域，没有我与你和她的认识，我肯定只是路过，有了我与你和她的认识，我还是只是路过。唯一不同的：

只是——凭空增添了一些臆想的空间而已。

（选自《山东文学》2017 年第 1 期下半月刊）

蝶之书（外一章）

潘志远

单薄的书。小巧的书。只有扉页和底页的书。

合上，立在草尖，草便熠熠生辉。

翻开，放进花丛，花丛便为之增色，为之添华，两片纯洁无瑕的白花。

放进你的眼眸，足以将你的视野塞满，茫茫旷野千万里，此刻惟有一蝶，栩栩然，翩动你的心跳，你的呼吸。

立于你的呼吸，那一页两页的分量，不亚于一座大山。

蝶之书，轻，轻到有人不以为然。

小，小到有人不屑一顾。

忽略不计，但又能令自然生动的书。

翩翩起舞的书。一页打开一个季节，一页总结一个季节。

囊括一部家族史、生命史、自然史

之书。此刻，近在咫尺，伸手可触，被风吹开

风能吹开，却不能合拢的蝶之书。被自己的心灵润色，那灵动的两页，绚美的两页，摊开天地，浑然忘我，梦醒一体……

（选自《诗选刊》2017年9月上半月刊）

燕子也是拆迁户

道路拓宽，赶上了。说行大运，倒霉，都已不在话下。

老屋行将拆迁，十头牛也拉不回。

条件谈妥，理赔到位。挖掘机轰鸣，张牙舞爪：摘除门窗，猛

捣老屋后背，最后一个泰山压顶——老屋坍塌，拆迁队员们满意而归。

只是苦了梁上燕子，它们的旧巢倾覆，顿时化为齑粉。

好在卵已孵化，梁间燕子初长成，刚随父母飞到野外觅食。

拆迁是白昼商定的，绝对的阳谋，没有一点黑幕。但燕子不在家，也没有谁告知燕子拆迁日期。

燕子不知道它们的巢穴将毁于一旦。它们将餐风露宿，没有丝毫思想准备。

燕子也是拆迁户，没有赔偿，也该给个说法；

或者提前打个招呼，留一点空间，让它们寄居到他人檐下，另谋高就。倘若撞上大户人家，雕梁画栋，也算是它们前世的造化。

燕子在老屋的废墟上盘旋，去意彷徨。五里一徘徊

呢喃，吴侬软语：不适合表达愤怒。

一阵牢骚，一阵埋怨，一阵叹息，在风中若有若无……

（选自《散文诗世界》2017 年第 6 期）

奉仙观（外一章）

潘新日

荆梁北街把整个秋天的阳光都牵到奉仙观的石兽面前受戒，绿树在道法自然的微风里修道，青苔静下心，在尘埃的低处打开渺小的妙悟。

山门敞开，道家的气势，如同此时的敞亮，让一个个南来北往的香客，崇尚内心的神往。青石板整齐排列，圆滑的釉面，脚步，让花草探出今秋最后的光芒。

碑亭是石头展示时代的脚印，那些汉字，那些用皇家气息凝结的神秘，定格在石匠们用钢钎雕刻的声音中间，用墨香撑起天下。

三清殿肃穆，道祖道仪天下之心畅然，金黄的披风里闪烁无限生机。道生一，一生二，二生三，三生万物，万物负阴而抱阳，冲气以为和。他们开过花的手栽下多少护荫，纷繁的世事一如跌落的叶片，荆木作梁，还有多少俗心不可摆渡。

一切迷茫都来自民间的俚语，混杂的江湖被连根拔起。此时，希冀栖居在草尖虚拟的翅膀上面，我把花蕊作为一盏浓烈的老酒，用来麻痹悲凉和痛苦，以及市井里的平庸……

王屋山

瘦龙岭的石头还在沉默，飞鸟一跃，草尖上的露珠便纷纷逃跑。十八盘已经绕过了好几个朝代，马蹄上的花香，是你后花园开的。也有野花的味道，草籽的尽头便是中原。

老愚公挖山不止，子子孙孙无穷尽的决心，和着钢钎的火花闪耀。课本里的碎石早已化作汉字的声音，我赞叹的大拇指一竖，山神的腿脚越灵，移走的山峰不敢回头。

我牢记着一峰突起的天坛极顶，谁在这里设坛，云雾的后面把巨石强加在神话之上，红豆杉，在山间修行，像是从唐诗里栽植的正楷，让银杏无语。

那一刻，我坐在仙人桥枯瘦的桥沿边，想着愚公挖山的理由，任山风掠过村庄，任雨水打湿无数个幻想。老愚公，王屋山的石头其实是茂密的庄稼，是你在挖山时掉落的汗珠，还有我抄写生字时不小心滴下的墨。

都说紫金崖的峭壁比人心还要幽深，长在崖边的藤蔓枝繁叶茂，悬崖是印在县志里的叮嘱，缠着我在折扇的封面上按下印章。一群候鸟列队而来，我说，太行山也要挖吗？

我们都把钦佩的心藏在大山深处，古代的工具已经过时，被我扔进荒草里，虫鸣在草根说着闲话。我看见，唐朝的李白在石阶上饮酒，我喝一口茶，就把他字帖上的字误看成黑色的乌鸦，文人们的长衫俊逸，诗韵如水。

你说，王屋山所有的草木，将历朝历代的传说，都运到济水的风月里，烛光闪烁，山那边是一展平阳。

（选自《诗潮》2017 年第 1 期）

时光书（节选）

薛　菲

愿给我开始，愿陪我结束，愿打开是你，愿上升是你。

天亮时，打馕人上路了。面粉造就的天堂，婢女是芝麻与皮芽子，你的新娘在金黄色里降生。

愿予你自在，愿予你美，愿宇宙是你浑圆明亮，愿新郎是你，滚烫焦香。

夜里，死灰在炉膛里复燃，除去纵情沉默寡言的声色，粮食建立的宗教，你的子民在巷口在买馕的路上。

为伶俐开路，我已渐渐能够，压住起伏不平的心，像黑暗中起身那样。

道是间性阐述，何来南地水禽，惊醒一物，惊起水袖回舞，梅花急放月白风清，绣在粉白绢面。

我不祈求，压着影像似压下唇红。在西域，我粗糙太久，未尝不是获得。

有人打量细瓷的眼光，碰响昆曲里婉转的遭遇。

风还在吗，一团一团光背后，等待消散的风。

停息了，把外衣搭在高树之上，灵魂需要瞭望的口，只有我知道做这一切是为了什么，幸福花开在西域的秋天是为了什么。

不断追问，看你的哑谜染色，白桦叶子愣怔着黄去，植物颓败的感觉像将军于杯中撤退，你为什么，要让道路空得那么猛，一回头的功夫，天空轻起来。

也许为此而生的词语便是它自身，它自身叫天空，长在中亚，叫做西域的地方。

天空的本质生出许多云朵。浮动，或者下降，那这些词语便是它们，是不容侵犯的原创诗。她认为这无可替代。

遗落在戈壁的异族旅馆，今夜，开始发射我的心脏，213 室。除了车鸣，我听不到任何声音。

失去心脏之后，我还能够熟睡，我在深海之下听到盲目的挤压，心脏碎作花瓣之后，又一一复原。

时常听到叶子上的声音，太细密。黑暗都被挠得微微发笑，茸毛擦过汁液丰沛的夏天，返照青苔的声音。

我时常听到割青草的机器声，辛辣的草香顺着刀柄溅出来，园艺工斩杀炎热的气味，喷湿我的眼睛。

绿色，杂诗，无法顺从或安宁，索性借疯长走向故乡。

我确定，每日的尺寸来自风，风来自呼吸；每日，幻觉来自风，风来自脉动。

高温击穿心脏，夕阳下一串疲倦的驼队，是我印在沙子上的呼唤。

我呼喊能够疾驰的眼泪，像滂沱的塔里木河，罗布泊里冒出清水。

鸟羽降临，或许，它便是我昨夜的梦。

我看见秋从地上一层层翻腾，叶子，于某一个黎明集体祭奠。

太阳欣享那颜色之后，万物都向着一个方向，风吹向一个方向。

我看见，秋是一辆黄铜列车，鸣笛，绕着天山，缓缓而归，它没有乘客，它收购，绿色，或富庶的喧嚣。

从鸟羽开始逐次降低视点，乌黑的依旧乌黑，楼宇上的水泥和颜料开始淡然清醒，曳动。在水墨浓云背景下，像招隐寺的睡莲。

人烟渐渐从丛林深处被点燃，我从拯救与被拯救的中醒来。

夜在楼前淋洒的湿气，我梳理羽毛，即将日出，这里是我的故乡。

（选自《星星散文诗》2017 年第 1 期下旬刊）

小满前后

霍竹山

一立夏，风死下。小满的村庄，黄风的翅膀再怎么想飞都飞不起来了。

村前的老柳，风沉沉不动树梢梢摆——这是小满前后的一行佳句。我在想，所谓“风情万种”，最早，一定是指小满里抒情的柳叶儿。

打碗碗花儿提着露珠的灯盏，要跟谁去甜蜜地约会。一棵站在墙头上的狗尾巴草，幸福得不知所措。

到栽瓜种豆的时候了。

回头张望清明之后深情的田野，麦子、玉米、高粱们，正精神抖擞，挣脱几棵蔓草小小的阴谋，继续向上，向上，向上——庄稼们从没想着走一条捷径，也决不会半路退却。

南瓜、糜子、豆子，快醒醒吧！

——芒种就要到了。

（选自《三边文学》2017 年第 1 期）

边 城

霜扣儿

请透过我，看到无声风雪。

请只看烟花，不说寂寞。

1

许我素衣看月。许我熄灭烽火。

这是心境的城外，我只有我。沃野为榻，流风做帘。

许我用文字挂一枚淡淡月亮，许我相信红尘上方才能搁置真诚，许我看到另一个轮回里的迢遥山水，许我，轻轻拨开升沉流年里的聚首与离别——

多少梨花白了又白。多少梨花开了又开。多少被叫做归人的人，还未归来。而我的忧伤已薄，不再化作眼中湖水。

多少死而不绝的咏叹，叫——

身在咫尺，心已天涯。

2

许我摘下旌旗，关了来路一切风雨。许我收起号角，把炉光握回手心。

一路走了很多年，见过多少无用的山梁河川。一路听了很多遍，累了多少无用的呼唤。

许我弹出石子吧。一个一个打灭幻而又幻的磷火。

许我在尾音落地之前，抹平沙田上的江山。

倘若视线还缀着渴望——

那尖锐又渺小的，闪光又刺痛的情意，请它无限扩大，蔓延，请它落下来——

漫天尘埃。

我为其负荷一生。我被爱，倒悬于心海。

3

许我放倒流年，裁出生存的慢板。许我饮一壶陈年酒，在茫茫雪道上。

叹息多长，顺沿此生未名的憧憬与向往。遗忘多远，远过了千万句见与不见。

排过雁阵的水草生长在看不见的地方。惹过熏风的花红茂盛在看不见的地方。搭过月色的柳绿缠在看不见的地方。

许我把捏过的扇骨叫做故国青石。许我把青石上的脚步叫做霜痕——

扣在文字的窗棂上，受不得冷，也受不得温情。

许我脱离季节。许我舍去梦里的枕头。

最完美的釜底抽薪是——

回头之后，又转了头。

4

许我不望雾岚。许我画出草庐，炊烟，为残垣装一点温暖。

许我走在意志之外，离开想要的事情。许我的筋骨轻过落叶。

许我爱上好大一片余晖。许我一寸寸，踩碎风声鹤唳。

边城坐落在我的指尖上。我每一次心跳都会碰亮一盏孤灯。

嘀嗒一声声。寂寥一声声。

5

许我撤到不可细说的时光之外。许我做自己的边城。

没有一颗斜阳能把苍茫从大地带走。没有一首歌能唱尽我纸上的河流。

在灰色与云朵之间，我唯一的刻刀是这浅浅的文字，在心思重时，划几处飘渺。

我的袖口空空如也，在这段借宿过的人世。我的倾诉空空如也，我有弱水三千终不能一饮而尽。我的背影空空如也，除了一个被你爱碎了骨头的灵魂。

那让她从冷漠里学会热烈的。那让她从无心里找到依托的。

你的城堡。

许我把自己叫做边城。

许我为了不能忘记的忘记，而沉静，而燃烧。

（选自《星河》2017 年夏季卷）